クレオール（母語）とモーリシャス語（母国語）
モーリシャスとデヴ・ヴィラソーミの文学

小池理恵

開拓社

はじめに

　モーリシャスと聞いて、それが島国であることや地理的位置を正確に言い当てることのできる日本人はどれほどいるだろう。しばしばモルディブやモーリタニア、モザンビークと混同される。中学校・高等学校の地理でもほとんど扱われていないからだろう。ましてや世界史の表舞台に立つこともなく、日本のメディアを賑わすこともない。従って、その島国の歴史、言語や文学などの文化的背景を思い浮かべることができる日本人は多くないだろう。ヴィラソーミ（Virahsawmy）がモーリシャス人作家の名前であるとわかる日本人は著者だけではないかと思う。

　ヴィラソーミの母国モーリシャスは、アフリカ大陸の東南部にあるマダガスカル島のさらに東およそ900kmに位置する、人口およそ127万人の大小の島からなる国である。東京都とほぼ同じくらいの面積で、国民の多数がインド系である。公用語は英語であり、行政、司法、教育の現場では英語が使われている。その他の場面では、植民地時代にできた「クレオール」を日常語として話しており、新聞、ラジオをはじめとするメディアはフランス語が主流である。

　このような小国と私との出会いは1990年代後半である。当時私は修士論文で扱うインド生まれのアメリカ人作家バーラティ・ムーカジ（Bharati Mukherjee, 1940-2017）の小説『ジャスミン』(*Jasmine*) を読んでいた。それは、1988年『ミドルマン』(*The*

Middleman and Other Stories）で全米図書批評家賞を受賞した翌年 1989 年に出版された作品である。『ジャスミン』の或るページに登場したモーリシャスという国のことは、実はその時まで名前すら認識していなかったと思う。

　インド生まれの主人公ジャスミンは、夫の死後サティー（寡婦殉死）をするため、インドからアメリカに渡ることを決意する。その途上、密航船に乗り合わせたのが、モーリシャス人（the Mauritian）の少女である。ムーカジはこの少女を「見かけはインド人」と描写している。その少女はアメリカに不法入国しなければならない理由が想像できない程の教養を持ち、過酷な労働などしたことがないであろう柔らかな手をしている。ずっと後になって私はムーカジを訪ねてカリフォルニア州立大学バークレー校に行った。その時「なぜモーリシャス人をジャスミンと同じ船に乗せたのか」という疑問について訊いてみたことがある。彼女は「世界に散らばっているインド出身の移民たち」（Indian diaspora）についての思いを語ってくれた。その中の一人をモーリシャス人として『ジャスミン』に登場させたのだ。モーリシャスの人口構成で 6 割以上を占めるマジョリティが、インドからの契約労働者の子孫たちなのである。ムーカジは創作にあたってフィールドワークを行う作家である。彼女はアフリカ方面での調査を終えて帰国する時にモーリシャス人と出会っていたのだ。インドからアメリカへ渡ったムーカジと、インドからモーリシャスに渡ったヴィラソーミの先祖はインドという共通項でつながっている。

　デヴ・ヴィラソーミ（Dev Virahsawmy, 1942-）は、インド系

移民の第4世代としてモーリシャスに生を受けた。彼はモーリシャスの「クレオール」ということばをモーリシャス人の母語として認識し、話し言葉であるクレオールの表記方法を確立することで、モーリシャスという国家の母国語、モーリシャス語を造り上げようとしてきた。ヴィラソーミは決して多くの同志を得てきたわけではない。「たった一人の文化運動（One Man Cultural Movement）」と呼ばれた彼の母国語確立運動を支えた人物の一人を紹介する。モーリシャス大学の社会人文学部学部長アーノルド・カポホーン教授（The Dean of the Faculty of Social Sciences and Humanities, Prof. Arnaud CARPOORAM）である。彼の尽力によりモーリシャス大学はクレオール研究を導入することになった。この二人に出会えたことが本研究の原動力となった。筆者は、21世紀になって15年ほどモーリシャスへ出かけているので、本に頼る知識だけではなく、現地における見聞に基づいた知見がある。このような蓄積を基にモーリシャスのクレオールの周辺を提示したいと思う。彼らへのインタビューや会話を通して知りえた知見、そして彼らの創作やクレオール語の辞書が示す広範な知識を概括したものが本書である。

　モーリシャス独立50周年、日本とモーリシャスの外交関係樹立50周年を迎えた年に本書を通してモーリシャスとヴィラソーミを日本に紹介できる機会を得たことを大変うれしく思う。そして本書が今後、日本におけるモーリシャス研究の呼び水となってくれたらと願っている。

　本書は、二つのパートに分けて構成した。

第Ⅰ部は、モーリシャスの地理と歴史を概観したのち、無人島であったモーリシャスに「ことば」が生まれ、文学に紡がれる過程を考察する。そして、独立以前から母語（クレオール）を母国語（モーリシャス語）として確立する志を立て活動し続けてきた作家デヴ・ヴィラソーミの創作活動を紹介する。

第Ⅱ部は、デヴ・ヴィラソーミの二作品『やつ（リ）』と『あらし（トゥファン）』の日本語訳である。いずれも戯曲であり、上演歴もある。日本人にとっては「初めて」触れる作品になるが、新しい日本人読者を得ることができれば、と願っている。

本書出版の意義を後押ししてくれるコメントを一つ紹介したい。それは、アメリカ比較文学会の元会長であったハーバード大学のデイビッド・ダムロッシュ教授（David Damrosch, 1953–）によるものだ。東京大学の文学セミナーのため来日した際に、新聞のインタビューで次のようにコメントしている。

> 世界中の作品を読むことから、政治や社会、科学など、現在の世界が抱える様々な問題を解決する「ひらめき」が得られる。… 現代は、南米やアジア、アフリカなど範囲は広がった。… 世界の文学には、様々な観点から、互いの影響や共通点を探る研究の余地がある。
>
> （『読売新聞』2018.08.07 朝刊）

私もまた、ムーカジの『ジャスミン』の中で出会ったモーリシャスとその国の抱えるチャゴス諸島（Chagos Archipelago）の領土問題に触れることになった。チャゴス諸島の一島であるディエゴ・ガルシア島（Diego Garcia）に米軍基地を建設するために強

制移住させられたチャゴス難民と米軍基地との共存を強いられている沖縄県民をつなぐ「ひらめき」を得ることになった。その「ひらめき」は問題解決のそれとは異なるかもしれない。しかし、沖縄県民の声を表象する沖縄文学とチャゴス難民を描いた文学作品を「米軍基地被害者の文学」という形で新たに提示するという着想を得た。

1965年にイギリス政府はチャゴス諸島をモーリシャス植民地領から切り離し、英領インド洋地域（British Indian Ocean Territory: BIOT）を設定した。イギリスは全島民1200人余りをモーリシャスやセーシェルに強制移住させている。そしてイギリスはアメリカとの間で、ディエゴ・ガルシア島の50年貸与契約を結んでいる。アメリカはそのディエゴ・ガルシア島にインド洋最大の米軍基地を建設した。2001年には、アメリカのアフガニスタンへの報復空爆がこの米軍基地から発進した爆撃機だったことからもその重要性は明らかである。この報復空爆に関するニュースは、日本では「モーリシャスのディエゴ・ガルシア島から発進した」と報道された。2018年9月に国際司法裁判所は、モーリシャスの訴えを受け諮問手続きを実施した。本書が出版されるころには日本で報道されたように「モーリシャスのディエゴ・ガルシア島」になっているかもしれない。

1968年に独立したモーリシャス共和国はとても若い国である。日本は独立時から50年の交流を経て、2017年に日本大使館を開設した。それは、在モーリシャスの日本人たち、仕事などでモーリシャスとかかわりを持ってきた日本人たちにとっての念願だった。日本-モーリシャス交流50周年である2018年には、在モー

リシャス日本大使館の文化・学術交流企画も発進した。その記念すべき年に、日本人読者の心にモーリシャスを記すことが、21世紀になってから縁を重ねてきた私の役目であると考えている。

目　次

はじめに　*iii*

第 I 部　モーリシャスの成り立ちとことば

第 1 章　モーリシャスの成り立ち ……………………………… *2*
 1. モーリシャス概観 ……………………………… *5*
 2. モーリシャス略史 ……………………………… *9*
 3. 人種民族の多様性 ……………………………… *13*

第 2 章　ことば・文字・母国語、そしてモーリシャス文学 … *23*
 1. クレオールということば ……………………………… *23*
 2. フレンチ・クレオール文学と国民文学 ……………… *27*
 3. モーリシャスのことばと文学 ………………………… *31*

第 3 章　クリエイティブにクレオール ………………………… *42*

第 II 部　デヴ・ヴィラソーミの文学作品

第 4 章　『やつ』(*Li*) ……………………………………… *56*

第 5 章　『あらし』（*Toufann*）………………………………… *102*

参考文献 ……………………………………………………… *185*
おわりに ……………………………………………………… *197*

第Ⅰ部

モーリシャスの成り立ちとことば

第1章　モーリシャスの成り立ち

モーリシャスの位置（図1）

モーリシャス略史（表1）

975	アラブ人によるモーリシャス島発見（最古の発見記録）
15 (?)[1]	ポルトガル人上陸 Ilha do Cirne (Swan Island の意) と命名
<u>1598</u>	オランダ人上陸、皇太子名 Maurits Van Nassau にちなみモーリシャスと命名
1638	オランダ東インド会社による植民開始（食料基地として）
1639	オランダ人総督によりバタヴィアからサトウキビ導入
1658	オランダ人第一次撤退
1664	オランダ人再入植
1710	オランダ人完全撤退
<u>1715</u>	フランス人が島を占領 フランス島 (Ile de France) と命名
1721	フランス東インド会社による植民
1735	フランス人ラブルードネ (Labourdonnais) 総督が首都ポートルイスを建設
1744	北部 Villebague に最初の製糖所創業
1788	フランス人 Bernardin de Saint-Pierre が『ポールとヴィルジニー』（モーリシャス舞台の恋愛小説）発表
1803	ナポレオンによりフランス人最後の総督が就任
<u>1814</u>	イギリス領となる （ロドリゲス島、レユニオン島に続き）
1834	最初のインド移民到着

---

[1] ポルトガル人による発見・上陸の年次は諸説あり統一されていない。

1835	奴隷制廃止、英国政府がインド人年季契約労働者の移入許可
1847	最初の切手発行（印刷ミスにより希少価値高価切手）
1864	最初の鉄道開通（サトウキビ輸送のため）
1886	最初の統治評議会議員選挙
1892	サイクロン襲来（最大級被害 1260 人死亡）
1901	マハトマ・ガンジー（M.Gandhi）来島
1910	インド人年季契約移民制度廃止
1952	エア・フランス航空モーリシャス初乗り入れ
1962	最初の自動車専用道開通（ポートルイス―フェニックス）
1965	モーリシャス大学開学
<u>1968</u>	イギリス連邦の国として独立
	初代首相ラングーラム（S. Ramgoolam）・国連加盟
1970	EPZ（輸出加工区）設置
1972	MGI（マハトマ・ガンジー協会）高等教育研究施設開設
1975	ロメ協定調印（EC との砂糖貿易の優遇措置）
1976	OAU（アフリカ統一機構）サミット開催
<u>1992</u>	共和制実施、モーリシャス共和国
1996	コーダン・ウォータフロント（Caudan Waterfront）完成（ポートルイス湾岸再開発地区）
1997	環インド洋地域協力連合をモーリシャスを含む 14 か国で設立

＊ V. Teelock（2001）、下線部外務省（2018）より作成

祖先の言語別人口（表2）

言語集団	1,143,069
モーリシャス・クレオール語	420,344
ボジュプリー語	361,184
タミル語	44,724
ヒンディー語	35,757
ウルドゥー語	34,090
フランス語	21,090
テルグ語	18,793
マラッタ語	16,587
グジャラート語	1,967
英語	1,073
中国語（広東・客家他含む）	22,606
その他アジアの言語	1,779

＊2000年の人口調査を参考に作成：1千人以上の言語のみ記載

1. モーリシャス概観

　モーリシャス共和国（Republic of Mauritius）は、インド洋の西南部に位置する小島嶼国である（図1参照）。アフリカ大陸の東南部にあるマダガスカル島の東約900kmに位置し、アフリカ大陸沿岸から最短距離でも約2000km離れている。国土の面積は2040km^{2}で、ほぼ東京都と同じである。2000年の人口は119.4万人だったが、2017年の人口は126.5万人（UNデータ）と若干だが増加している。モーリシャス本島が国土の91%、人口の

97％を占めている。首都ポートルイスの人口はおよそ15万人である。

一般的にアフリカ諸国の一員として分類され、2002年からアフリカ連合（African Union）[2]に属している。しかしながら、国家形成という点では、他のアフリカ諸国と決定的に異なっている。それは無人島に様々な経緯で集まった人たちによって国造りがなされたという点である。この先住民がいないという事実が、モーリシャスの民族構成をユニークなものにしている。オランダに続いて入植したフランス植民地時代（1715-1814）、続くイギリス植民地時代（1814-1967）に現在の民族構成に近い形になった。フランスはモザンビークやマダガスカルからの奴隷を使ってサトウキビのプランテーションを運営した。現在のクレオール系モーリシャス人（ここではアフリカ系とその混血と定義する）は、その多くが奴隷の子孫たちである。イギリスは奴隷制廃止後、インドからの契約労働者を導入した。現在のインド系モーリシャス人はその多くが契約労働者の子孫たちである。モーリシャスの人口構成について大雑把な言い方をしてしまえば、そのほとんどがインド系とクレオール系であり、中国系、フランス系住民がそれぞれ数パーセントずつである。民族別調査を詳細に実施していた2000年頃までのデータによると、インド系67％、クレオー

---

[2] アフリカ統一機構（OAU）の後を受け、政治的・経済的統合の実現と紛争の予防・解決への取り組みに向け発展的に解消する形で、2002年に正式に発足した。現在加盟国は55か国（日本が未承認である「サハラ・アラブ民主共和国」を含む）EU型の世界最大の超国家機構。本部はエチオピアのアディスアベバ。

ル系27.4％、中国系3％、フランス系2％である（*Encyclopedia Britanica*）。この数字から浮かんでくることは、「モーリシャス人とは？」という疑問だ。私が初めてモーリシャスの空港に降り立った時の印象は、まるでインドかスリランカ、あるいはモルディブというものだった。このため、モーリシャスはアジアを内包するアフリカと表現することができる。そして訪問しはじめた頃、空港の入国管理や税関、及び外貨両替の際に話されていたのがフランス語だったことから、フランス語を話すインド人の国という印象を持った。英語を公用語と位置付けているが、日常生活で耳にするのはモーリシャスの「クレオール」ということばかフランス語である。

次に経済について触れておきたい。モーリシャスはアフリカ諸国の中でも「奇跡の経済成長」（Economic Miracle）を遂げた国と称されている。[3] 2001年ノーベル経済学賞を受賞したジョセフ・E・スティグリッツ（Joseph E. Stiglitz, 1945-）もまた「奇跡を遂げたモーリシャス」（The Mauritius Miracle）という論考を発表している。その中で彼は「天然資源が乏しい国だからこそ、人的資源が唯一の財産と認識し、国民全員教育を実現。社会的団結と民主化を進めていった。…格別、豊かでもなければ財政破綻に向かっているわけでもない。にもかかわらず、過去数十年のあいだに多様性のある経済と民主的な政治システム、それに強力な社会的セーフティネットを見事に築いてきたのである。」

---

[3] ここではアジア的な工業化の成功を指摘している。（The World Bank, 1989）

(Stiglitz, 2011) と称賛している。こうした経済成長は、植民地時代に基盤を築いたサトウキビ産業と製糖業に加え、成功の大きな原動力となった輸出加工区（Export Processing Zone: EPZ）によって成し遂げられたと言われている。1999 年の GNP（国民総生産）は 3540 US ドルで、アフリカ圏ではセーシェルにつぐ第 2 位であった。2016 年、世界銀行の Doing Business ランキングでは、アフリカ圏第 1 位となった。GNI（国民総所得）は 123.3 億 US ドルであり、経済成長率は 3.8％である。20 世紀終盤には雇用数や工場数の伸び悩みが見られたが、21 世紀に入り政府は経済構造改革に取り組み、従来の基幹産業（砂糖・繊維・観光）から、IT 産業への投資や国際金融センターの設置を積極的に進めている。また外国直接投資の誘致に力を入れており、投資環境整備に取り組み、さらに安定した経済成長を目指している。[4] こうした経済改革に取り組むことができるのも、基幹産業の一つであり今でもモーリシャス経済を支えている観光業が充実しているのも、独立後クーデターや内戦などの争乱もなく政情が安定していたからに他ならない。

---

[4] ここ数年海外からの企業投資は非常に活発である。海外取引を行う企業への優遇税制、投資保護協定、二重課税防止協定など、投資環境が整っている。人口構成のマジョリティであることも関係してか、モーリシャスはインドの外国直接投資で第一位である。また中国もアフリカ進出のバックオフィスとして活用し始めている。日本大使館開設を受けて、モーリシャス経済評議会（EDB）は、対日プロモーションを始めている。

2. モーリシャス略史

　モーリシャスが長い間、無人島であったことは先に述べたとおりである。それは、世界のどの大陸からも離れているためだったかもしれない。オランダが入植するまでは静穏に存在していた。植民の歴史は400年ほどである。略史（表1）からもわかるように、モーリシャス島は様々な国の人々により何度も発見され、命名・改名されてきた。この史実から、一つの強国により圧倒的に長い間、強い影響を受けてこなかったことがわかる。換言すれば、寄港地であること以外に、強国はモーリシャスに大きな価値を見出してこなかったと言えるだろう。それはスティグリッツが述べているように、「天然資源が乏しい」ことに加え、アフリカ大陸やマダガスカルに比べ、農作地としての価値も低かったからだと言える。

　世界史へのデビューは10世紀である。[5] アラブ人が初めて地図にこの島の存在を記している。次にポルトガル人により再発見され命名された記録があるが、入植に至ることはなかった。

　本格的な植民の歴史はオランダ人によって開始される。[6] オランダ海軍は、1598年に島の南部グラン・ポート（Grand Port）に上

---

[5] モーリシャスの「最初の発見」に関しては諸説ある。2500年ほど前にフェニキア人に発見されたという説、ドラビダ人、マレー人とする説もある。

[6] モーリシャスの歴史を語る際、オランダの入植時から始められることが多く、重要視されている。一例として、モーリシャスの郵便サービス部門はオランダの入植400年を記念する切手4枚セットを発行している。(400th Anniversary of the Dutch Landing 1598-1998)

陸した。同年5月1日にアムステルダムを出航した8隻の艦隊は、喜望峰近海で嵐に遭い分散を余儀なくされる。うち5隻は、海軍副提督の指示で東へと帆を進めた。その結果、「モーリシャス島」を発見した。その時、島の探索に送り出された2人の水夫たち（BouwerとJolinck）がモーリシャスに初めて上陸したオランダ人である。この島が無人島であることを確認した副提督は、オランダによる島の所有を宣言した。

オランダによるモーリシャスへの最大の貢献は何といっても命名である。現在の国名になっているモーリシャス（Mauritius）は、『オックスフォード英語辞典（*Oxford English Dictionary*）』（以下 *OED* と略記）によると「1598年オランダの総督モーリスにちなんで名づけられたインド洋上の島の名前（"Name of an island in the Indian Ocean so called by the Dutch in 1598 after the Stadtholder Maurice."）」[7]と定義されている。そして翌年のサトウキビの導入、それに伴い労働力を確保するためにマダガスカルから奴隷を移入している。オランダにとってのモーリシャスはヨーロッパとアジアの重要な中継地点であったが、南アフリカのケープ植民地が確立したことによりその役割が低下し、段階を経て1710年に完全撤退した。

その5年後の1715年に、フランス人がモーリシャス島を占領

---

[7] *OED* によると、この地名が英国で最初に使用されたのが1858年 *Dictionary Trade* である。モーリシャスの住民という意味で Mauritian が最初に使われたのが1835年である。1926年に人種を指す Mauritian Creole, 1967年に言語としての Mauritian Creole が、それぞれ使用されたことが記載されている。

し、フランス島と改名した。フランス植民地時代は、フランス東インド会社による期間（1722-1767）とフランス政府による期間（1767-1810）に分けられる。1721年に、フランス東インド会社による最初の植民団が到着した。この中には、アフリカ系モーリシャス人の先祖であるモザンビークやマダガスカルからの奴隷が含まれていた。フランス総督ラブルードネ（Mahé de La Bourdonnais、着任1735）の偉業は、首都ポートルイス（Port Louis）の建設や港の整備をはじめ、現在の国家としての基盤を築いたことである。[8] 彼の統治時代に、上下水道や病院の設置、道路建設などのインフラ整備をはじめ、最初の製糖所を建設するなどの産業面が充実した。彼はまた救荒作物としてキャッサバ[9]の栽培にも力を入れた。この間、人口は倍以上になったが、その多くがアフリカから労働力として連れてこられた奴隷であった。[10] 彼は逃亡奴隷の取り締まりも実施している。そして行政機構の整備に加え、法律の整備も行った。

このように、フランス植民地時代に社会・経済の基盤が確立されたモーリシャスは、イギリス植民地時代へと移行することにな

---

[8] ラブルードネの銅像はポートルイスのプラス・ダルム（Place d'Armes）広場に港に向かって立っている。また同じくポートルイスの高級ホテル「ラブルードネ・ウォーターフロント・ホテル」（2010年筆者参加の国際学会会場）、ラブルードネ川、更に島の南東部、空港近くのマエブール（Mahébourg）に彼の名前が刻まれている。

[9] ブラジルから持ち込まれたキャッサバは乾いた土地でも育つことで知られている。この時のキャッサバが今ではモーリシャス伝統のビスケット「ビスキュイ・マニオック」の材料として使われている。

[10] 総人口は1767年18,777人から1807年67,768人に増加、うち奴隷人口は15,027人から55,367人に増加している。(Toussaint 1977)

る。アフリカとインド洋地域への支配を強めてきたイギリスは、1806年に南アフリカのケープ植民地を再度占領し、モーリシャスを含むマスカレン（Mascarene）諸島に進出した。ロドリゲス島（Rodrigues: 現在モーリシャス共和国の領土）、続いてレユニオン島（Réunion: 現在フランスの海外県）を占領し、ついにモーリシャス島に上陸し、首都ポートルイスを占領した。モーリシャス島は、それまでイギリスとの覇権争いにおいてフランスの重要な拠点であったが、この後、約160年の間、イギリスが統治することになる。イギリスは島の名前を再度モーリシャスに戻すが、フランス植民地時代に確立した制度や施設などは変更しなかった。

イギリス植民地時代に大きく変様したことは、奴隷制度の廃止とそれに伴うインド人年季契約労働者の移入の2点である。[11] 奴隷制度は、イギリス本国議会での奴隷制度廃止立法に伴い、1835年に廃止された。その後、移行期を経て1839年6万人以上の奴隷が完全に自由になった。これを契機に人口構成が大きく変わることになる。1861年には大量のインド人移民がやってきて、彼らの人口はアフリカ系住民を一気に追い越してしまった。同年には中国からの移民も増え始めた。

内政面では、統治評議会が1831年の憲法により設置され、評議会選挙が1886年に初めて実施された。この時はまだ選挙権と被選挙権は財産によって制限され、インド人の被選挙権は1926

---

[11] イギリスの植民地時代に変様した2点に深く関連した場所がモーリシャスに2か所あり、世界遺産となっている。インド人労働者の受け入れ場所アープラヴァシ・ガート（Aapravasi Ghat）と逃亡奴隷の隠れ場所ル・モーン（Le Morne）である。

年に認められた。1947年には財産による選挙権差別が撤廃され、女性参政権も認められた。1965年には完全な内政自治権を委譲されることになる。こうして着実に独立への道を歩み始めた。

1968年3月、モーリシャスはイギリス連邦内の国として独立し、一か月後には国連にも加盟した。初代首相には植民地政府の官僚ラングーラム（Seewoosagur Ramgoolam, 1900-1985）が就任した。1992年には共和制に移行し現在に至っている。

モーリシャスだけでなく、アフリカ大陸そのものもヨーロッパ人による植民地化と独立を経験する。中でも1847年、リベリアが最も早く独立を果たしている。その後の独立はすべて20世紀になってからである。1957年ガーナ、そして、「アフリカの年」といわれた60年代後半にモーリシャスは独立を果たした。このようにモーリシャスの歴史は、原住民がいないという一点を除いて、アフリカ史の縮図である。

3. 人種民族の多様性

前述のとおり、モーリシャスは長い無人島時代の後、17世紀から本格的にヨーロッパ人による入植が始まった。オランダ植民地時代、18世紀のフランス植民地時代、そして19世紀のイギリス植民地時代にその人口が大きく変化している。ここでは人口推移における民族構成の変化を概観する。1767年の総人口18,777人のうちヨーロッパ人の占める割合は16.8%、混血は3.1%、奴隷は80%だった。フランス植民地時代が終わりに近づいてきた1807年の総人口は67,768人だった。そのうちヨーロッパ人は

9.6％、混血は 8.7％、奴隷は 81.7％である。イギリス植民地となった 1825 年の総人口は 86,272 人に増加した。そのうちヨーロッパ人は 9.3％、混血は 17.2％、奴隷は 73.3％である。混血が増え、奴隷が減ったことがわかる。そして、1835 年の奴隷制度廃止後には、自由奴隷の割合が 67.3％まで減少した。[12] その後、奴隷に代わる労働力を補うために、インドからの年季契約労働者が大量に移入することになる。この制度は 1910 年まで継続した。この間、モーリシャスに到着したインド人は 45.2 万人に上った。契約が終了し帰国したインド人を除いて 29.4 万人が純増の人数である。

その結果、現在インド系モーリシャス人が約 4 分の 3 と圧倒的に多く、ついでアフリカ原住民を祖先に持つ混血であるクレオール系、中国系、フランス系とつづく。ひとことでインド系といっても、宗教的なアイデンティティはヒンズー教徒とイスラム教徒に大別される。モーリシャス憲法ではコミュニティ構成を以下のように分類している。

『モーリシャス共和国憲法、付則 1、第 31 項 (2)』
この付則は、モーリシャスの人口がヒンズー教徒の共同体、イスラム教徒の共同体、中国系モーリシャス人の共同体を含むことを定めるものである。また、その生活様式により、それら 3 つの共同体のどれにも属さないものは全て、「一般住民」に属するものとし、これを第 4 の共同体とする。

---

[12] 数字は Toussaint (1977, p. 96) 参照。

FIRST SCHEDULE [section 31(2)]

3. Communities

(4) For the purpose of this Schedule, the population of Mauritius shall be regarded as including a Hindu community, a Muslim community, and Sino-Mauritian community; and every who does not appear from his way of life, to belong to one other of those 3 communities shall be regarded as belonging to the General Population, which shall itself be regarded as a fourth community.

ここまでは、インド人やインド系という分類をしてきたが、憲法上では「ヒンズー教徒、イスラム教徒、中国系モーリシャス人、一般住民」という分類である。宗教的アイデンティティ（ヒンズー教かイスラム教）、民族的アイデンティティ（中国系）、そしてどちらにも当てはまらないものを第4の共同体として区分している。

　このような共同体区分がなぜ生まれたのだろうか。モーリシャスに渡ったインドからの年季契約労働者たちは、地理的境界を越えただけでなくカーストに基づく階級の境界も同時に越えたことになる。本国インドにはカースト制による階級差別が根付いており、下層インド人たちは精神的に幽閉された状況下にあった。彼らは自分のカーストにとどまること、境界を越えてはいけないことを生来知っていた。本国インドでは「被害者」的立場にあったが、その状況から脱する可能性を見出すために契約移民としてモーリシャスに渡った者たちもいただろう。年季契約制度廃止後

29万4千人がインドに帰還しなかったことからも推し量ることができる。

　残ったインド人たちは、インドにおける過去とモーリシャスでの未来の狭間で悩んでいたに違いない。そして、かつての被害者はモーリシャスにおいて最も力を持つ民として政治的権力を握り、クレオール系モーリシャス人に対しては「加害者」的立場に立つようになっていった。つまり、インド人は、西洋諸国の視点で旧植民地人として下に見られていたが、アフリカ圏では大陸のアフリカ人より上の立場となった。これは、人種の二重基準が存在していたと言うことになる。

　このように、インド系によるクレオール系蔑視が内在する状況下で、その階層的構図を顕在化させる事件が起きた。政治的支配層についているインド系モーリシャス人と貧困層にあえぐクレオール系モーリシャス人の間に、モーリシャスで最後となる暴動が勃発した。[13] この暴動は、1999年に支配層のインド系警官がクレオール系の歌手を逮捕し、「牢獄で拷問死させた」との疑いに端を発した。暴徒の数は2000人に上り、その一部が250人の囚人を解放した。その結果、数日間の外出禁止令が発令された。それは、1992年4月から5月に合衆国で白人警官による黒人への暴行をきっかけにして起こったロス暴動を想起させる出来事だった。

　ここで、この経緯について詳しく説明したい。1999年2月18日、モーリシャスのセゲエ（セガとレゲエの融合された独自の音

---

[13] この暴動を最後に2018年に至るまで暴動は起きていない。

楽）の人気歌手カヤ（Kaya, 1960-1999）が、中国系の祭り（Chinese New Year）の最中に公然とマリファナを喫煙していたという容疑で逮捕収監され、その3日後に獄死した。その死因に関して、「警察による暴行死ではないか」との疑いを抱いたクレオール系住民が、全島の警察署を包囲した。そして多くの商店が略奪され、200台以上の乗用車が燃やされた。しかし、このように大規模なものになった背景には、一部のクレオール系住民の社会的不満があるのではないかとの意見も出された。その標的が警察および政府にとどまらず、外資系企業、国内銀行および商店までも広がった事実を見ると、カヤの死は単なる引き金に過ぎず、暴動の潜在的な要因はすでに存在していたのだと言える。この暴動を先導したのは、主にポートルイス北部の貧困層出身の10代の若いクレオール系住民たちだった。一部のクレオール系住民は、政府から公平な扱いを受けていないと感じていた。暴動の先導者達は、「カヤの弔い合戦」というスローガンを掲げるとともに、インド系警察のクレオール系差別を声高に糾弾していたと言う。この暴動の背景にある人種差別や民族間の分断といった要因を分析した研究者は、今回の暴動により、モーリシャスがそれまであると信じてきた「多民族国家としての国民の統合」が如何に幻想であったかを明らかにしている。(Carroll B. W. & Carroll T., 2008)

　この暴動の根底には、インド系住民が加害者であり、クレオール系住民に対して行ってきた人種差別があると言われてきた。先住民を持たないモーリシャスの人種差別、民族間の摩擦といった問題は、アフリカ大陸にある国々のそれとは異なっている。いわ

ゆるヨーロッパ系支配階級とアフリカ系との差別撤回や植民地からの精神的独立を目指してはいない。モーリシャスの権力構造や人種と民族の関係により作り出された溝あるいは壁を越えて融和社会を築くためには、宗教や人種、民族区分を超える「モーリシャス人」としての共通項を持つことが必要である。

　この「モーリシャス人であること」について、初代首相ラングーラムは国連で次のようなスピーチを行っている。

> ［モーリシャス］はモーリシャス独自の生活様式というものを顕著に持ち始めています。モーリシャスを訪れた人は、「モーリシャス人」が各民族の先祖の土地（インド、中国、アフリカ）の住民と比べて、「モーリシャス人」としての共通項が顕著なのです。
> 　S. ラングーラム　初代モーリシャス首相　国連の演説より

[Mauritius] has succeeded to a remarkable degree in evolving a distinct Mauritian way of life. The visitor to Mauritius is impressed by the fact that on the whole, Mauritians have more in common with each other than with the native inhabitants of the lands of their [forefathers].
　　　—Seewoosagar Ramgoolam, Fisrt Mauritian Prime Minister in a speech at the United Nations

このスピーチを踏まえて、「モーリシャス人である」ということについて考えてみたい。前述したように、モーリシャス憲法には共同体という概念が定義されている。そこではヒンズー教徒（タ

ミル族とテルグ族を含む)、イスラム教徒、中国系モーリシャス人、そして一般住民に分けられている。このようなカテゴリー化は「モーリシャス人であること」よりも宗教的、民族的帰属意識を持つように作用している。そして宗教的アイデンティティと民族的アイデンティティを持たない者すべてをひとまとめにし周辺化している。異なる基準のアイデンティティ(宗教的、民族的、文化的)区分の中でラングーラムは敢えて「モーリシャス的生活様式」を強調している。それは、憲法で規定され周辺に追いやられてしまった「一般住民」つまり「クレオール」を中心に引き戻すための宣言とも読み取ることができる。

　モーリシャス人であること、つまり宗教的、民族的アイデンティティを越えてモーリシャス人としてのアイデンティティを持つための「モーリシャス的生活様式」について考えてみたい。そこで、モーリシャス政府が自国の「文化」と「民族と人口」についてどのように記述しているかを参照してみたい。

　文化
　モーリシャスは国際的な文化を持っている。インド系、アフリカ系、ヨーロッパ系、中国系の先祖を持つモーリシャス人が共存することで、文化や価値観を共有し、それぞれの祝祭に全国民が参加し、異なる背景を持つ人々の相互理解を深めている。モーリシャスは今日、種々の民族、言語、文化が交じり合っている独特のるつぼである。

　Culture
　Mauritius has a cosmopolitan culture. Co-existence among

> Mauritians of Indian, African, European and Chinese ancestry has led to a sharing of cultures and values, a collective participation in festivals and increased understanding between people of different backgrounds. Mauritius is today a unique melting pot of peoples, languages and cultures.[14]

この記述で、モーリシャス政府が特有の文化として強調していることは、異なる文化を持ちながらも「互いの文化と価値観を共有」する「るつぼ」であることだ。相互理解を深めるために、それぞれの宗教、民族の祝祭には国民全員が参加することになっている。[15] このように、モーリシャスは異文化の相互理解を強調することで「国際的（コスモポリタン）」な国家として理想的あることを発信している。

こうした「世界市民主義（コスモポリタニズム）」国家としての立ち位置は、モーリシャスをアフリカへの踏み石として捉えているアジア諸国、特にインドと中国にとっては好しいものである。それは、民族や国家を超越して、受容性と開放性を併せ持ち他者と交流しようとするからである。このように、モーリシャス人は、画一的な民族性を越え、それぞれの文化と価値観を選択し適合させ「モーリシャス人」としてのアイデンティティを創り上げ

---

[14] モーリシャス政府公式ホームページ <http://www.govmu.org/English/ExploreMauritius/Culture/Pages/Culture.aspx> 閲覧日 2018/09/25
[15] モーリシャスの主な祝祭日は14日ある。そのうち所属文化集団に関係のない休日は新年（1月1日-3日）、独立記念日（3月12日）、労働者の日（5月1日）のみである。

ようとしてきた。そしてそのアイデンティティは、人口の推移とともに形成された。

民族と人口
モーリシャスは、18、19、20世紀初頭の幾多の人口移動により、異なる人種、文化、宗教が独自に混じり合い出来がっている。ヨーロッパ系、アフリカ系、インド系、中国系の人々は平和と調和の中で多様な文化と伝統が隆盛を極める多民族社会を創り上げた。

People and Population
The various population movements of the 18th, 19th and early 20th centuries have made of Mauritius a unique blend of different races, cultures and religions. People of European, African, Indian and Chinese origins have created a multiracial society where the various cultures and traditions flourish in peace and harmony.[16]

「民族と人口」についてモーリシャス政府が強調していることは、モーリシャスは様々な人種、文化、宗教を持つ人々が溶け合うことで「多民族社会」を創り上げたことである。

ここで注目すべきことは、前述の「文化」の説明にはない

---

[16] モーリシャス政府公式ホームページ <http://www.govmu.org/English/ExploreMauritius/Geography-People/Pages/PeopleandPopulation.aspx> 閲覧日 2018/09/25

「人種^{レイス}」という言葉が導入されていることだ。[17] モーリシャス政府は、モーリシャス国民のアイデンティティをどのように規定しようとしているのだろうか、という疑問を持たずにはいられない。先に述べたように、憲法上の「共同体」概念は、その分類の軸が宗教的、民族的、生活様式と非中立的である。また、政府が公表している文化的規定にある「るつぼ」という比喩は、分類された「共同体」と国民の「祝祭日」にみられる民族的文化的境界と相容れない概念と言える。

このように、モーリシャス国民のアイデンティティは、政府の提示するアイデンティティ・ポリティックスの狭間で身動きが取れずにいると言わざるを得ない。こうした状況を独立以前から危惧し、言語を統一することが国民国家形成に重要な役割を果たすと主張してきたのがデヴ・ヴィラソーミである。[18] ここでいう言語とはモーリシャス人の母語であるモーリシャスの「クレオール」ということばである。

---

[17] 人種（race）と民族（ethnicity）の差異については様々な議論がある。一般的には、前者は目に見える差異により定義され、後者は文化的な慣習に関連すると考えられている。辞書の定義では同義に捉えられていることもある。

[18] 『想像の共同体』の中でアンダーソンも国家主義にとっての言語の重要性を強調している。彼は地方の現地語の発展と印刷媒体によるイデオロギーの普及について述べ、それが国家形成において重要な決定要素であるとしている。(1987: VI)

第2章　ことば・文字・母国語、そしてモーリシャス文学

1. クレオールということば[1]

　「モーリシャス語」について述べることは、クレオールということばの成り立ちを述べることでもある。そこでまず、「複数のクレオール」または、「クレオールの複数性」と「モーリシャス人とモーリシャス語」というところから考察してみたい。ここでは、クレオールということばが持つ複数の意味に加え、モーリシャス人の複数性にも触れることになる。ここでいう「複数性」は、「複雑性」とは異なる。「複雑」という言葉は物事がさまざまに入り組み簡単には捉えられない状態を指すのに適しているが、その言葉には主観的な含意がある。そこには「難解な、理解しがたい」といった負のイメージが入り込んでしまう。だからこそ「クレ

---

[1] モーリシャスのクレオールについて言及する際には「ことば」というひらがなを使用する。「完成されていない」「確立されていない」ことばであることを示すためである。

オール」性をよりポジティブに捉えている作家について語るためにはクレオールの「複雑性」ではなく「複数性」を視野に入れなければならないと考える。自己を保持しつつ他者へ向かうクレオール化という現象は、他者を抑圧し単一化する理念やアイデンティティではない。歴史的社会背景をも包括し、複数の文化圏の関係性そのものをアイデンティティとする広い世界の可能性を示唆していると言える。

　まず、「クレオール」という単語の複数の意味を確認しておきたい。*OED* によると「クレオール」は、ラテン語の「創造、生成する」という語源を持つ。そして、一般的な「混合」という意味を肯定的に捉えている。クレオールが人を意味する場合は以下の定義となる。

> 元来、西インド諸島やアメリカのその他の地域、モーリシャスなどにおいて、その地で生まれ育ったヨーロッパ系（通常、スペイン系またはフランス系）、或いはアフリカの黒人たちのことである。肌の色とは無関係でヨーロッパ生まれやアフリカ生まれでなく、かつ先住民でもないことによって区別される人たちのことである。

> A. n. In the West Indies and other parts of America, Mauritius, etc.: orig.
> A person born and naturalized in the country but of European (usually Spanish or French) or of African Negro race: the name having no connotation of colour, and in its reference to origin being distinguished on the one hand

from born in Europe (or Africa), and on the other hand from aboriginal.

このように「クレオール」が人を指す場合は、宗主国側であるヨーロッパ人と植民地側であるアフリカの黒人との関係性を思い描くことになる。かつて、植民地のプランテーションを運営するために、アフリカから連れてこられた奴隷たちとその主人である。地域によってその使われ方は異なる。

　ここで注目したいことは、この定義に当てはまる地域としてモーリシャスが挙げられていることである。ではモーリシャスで、「クレオール」として定義されるのはどのような人々だろうか。前述したようにモーリシャスには原住民がいなかった。フランス人が奴隷として連れてきたアフリカの黒人に加え、イギリスの植民地時代から、インド系や中国系のアジア人が住みはじめ、現在はそのアジア系住民がマジョリティである。その中で上記の定義に当てはまるクレオールは、憲法で区分された共同体の一般市民（General Population）ということになる。

　次に言語としての「クレオール」を考察してみよう。クレオールは言語そのものではなく言語の形成段階と定義できる。まず、異なる言語話者同士が接触してできるのが接触言語（Contact language）である。そして、それが第一世代の共通語となりピジン（Pidgin）と呼ばれ、誰にとっても第二言語となる。その共通語が次世代以降に共同体の第一言語になった時、それは「クレオール」となる。宗主国の言語により、フランス語源、英語源の他、それぞれポルトガル語、スペイン語、オランダ語源のクレ

オールがある。つまり、クレオール語は一つの言語ではないので、それぞれ別の地域のクレオール語話者同士が意思疎通ができるとは限らない。モーリシャスのクレオールはフランス語源とされているが、例えば一人称単数「わたし」は、モーリシャスでは"mo"であるがレユニオンでは"mi""moin"、ハイチでは"m""mwen"である。このように、同じフランス語源であっても基本的な語彙から異なっている。

更にクレオール語の形成過程を見てみると、三分化されていることがわかる。最小化、最適化、そして中立化である。このうちモーリシャスのクレオールは中立化であるといわれている。I・リチャードソン（1963）によると、モーリシャスのクレオールの場合は、はじめに存在していた諸言語体系の節減が起こったとされている。そして、クレオール化が進むにつれて、次第にフランス語から遠ざかる傾向が見られた。その一因として考えられているのは、初期の段階でモーリシャスに入植したフランス人たちが比較的貧しい層であったことだ。つまり、正当なフランス語というよりも、もともと崩れたフランス語を話していたということである。その後、イギリスによる統治時代には英語的な要素が浸透していった。また多くの契約労働者がインドから移住してきたが、言語的にはボジュブリー語、グジャラト語、ヒンディー語、マラッタ語、タミル語、テルグ語、そしてウルドゥー語の話者たちであったため、ますますフランス語から遠ざかる要素が入ってきたことになる。[2]

---

[2] 詳細はロベール・ショダンソン 著、『クレオール語』（2000 年）参照。

このようなことから、モーリシャスのクレオールはカリブ海地域のフランス語源のクレオールとは大きく異なっていることが想像できる。ただし言語学的な分析は筆者の専門外であるので、ここではこれ以上詳細に言及することはできない。言語としてのクレオールの学術的な研究は、1869年J・J・トーマスがトリニダードのフランス語系クレオールについて実施した『クレオール語文法の理論と練習』がその最初のものであるとされている。そして、モーリシャスのクレオール語を初めて研究したのは、C・ベサックの『モーリシャス・クレオール語についての研究』(1880) であることのみ紹介しておきたい。

2. フレンチ・クレオール文学と国民文学

次に、「クレオール」という概念が議論される場の一つであるポストコロニアル文学研究について若干述べておきたい。そこでは、カリブ海地域やアフリカ地域出身または在住の作家たちが取り上げられている。しかし、彼ら自身の母語、あるいは日常語であるクレオールで創作し、世界的に活躍している作家はほとんどいない。主な理由として、クレオールということばは話しことばであり、書き言葉としてその表記法が確立されていなかったことが挙げられる。加えて、クレオールということばの持つ劣等感的イメージが影響しているからだろう。クレオールということばは、支配者と被支配者の接触言語として出現し、それぞれの宗主国であるヨーロッパの諸言語の文法を単純化した日常の話しことばであるというレッテルが貼られてきた。しかし、見方を変える

とクレオールはヨーロッパの帝国主義的支配に覆いつくされてしまわなかった生き残りであるとも言える。

このように、カリブ海をはじめとして各地に刻印されたクレオールということばは、支配者の言語と被支配者の土着的なことばの複数の「混血」によって生み出された。ドイツの言語学者フンボルト（W. V. Humboldt, 1767-1835）が言うように、あらゆる言語はそれぞれ独自の世界観を象徴している。だからこそ、クレオールということばでしか表現できない概念や世界があるはずだ。様々なクレオールと向き合うことは、独特の世界を見ることができるという点で重要であると言える。そして、世界各地に現れた様々なクレオールということばは、宗主国の言葉と母語、主人と奴隷、ヨーロッパとアフリカ（あるいはカリブ海地域）、教養と野蛮といった二項対立の一項として戦いの場に引き出されてきた。

その一例を挙げると、グァドループとマルティニックでは、どの言語で書くかをめぐる激しい論争が起こった。「クレオール語」対「フランス語」である。ここでいう「フランス語」は本国のフランス語とは異なる植民地のフランス語である。たとえクレオール語を使わない家庭に育ったとしても、そして生まれてから教育を完結するまで一貫してフランス語を学んできたとしても、クレオール語が母語であり、フランス語は植民地の支配者の言語というレッテルを貼られていた。この論争では、マルティニックの詩人エメ・セゼール（Aimé Césaire, 1913-2008）でさえも裏切り者扱いされている。

このように個人の選択より集団の「母語」の規定が優先される

事態に対してグァドループのマリーズ・コンデ（Maryse Condé, 1937-）[3] は次のように語っている。「私が話し書くフランス語は、フランス本土のフランス語とはほとんど関係がありません。私の祖先が、… 盗み、それを伝えたのです。」彼女が創作に使っているフランス語は植民地化の中で作り替えられたフランス語であり、彼女にとっての母語であると主張している。そして、「文学創造が個人の努力から生まれ … 複数的なもの」（『越境するクレオール』、2001、36-37）であると語っている。

「フランス語系クレオール諸語」と区別して「フレンチ・クレオール」という文学ジャンルを設けるとすれば、その代表的な作品はマルティニックの作家によるものであろう。地理的にはカリブ海域出身の文学と言える。日本でも名前が知られている作家は、前述したセゼールと 1960 年にノーベル賞を受賞したグァドループ生まれの詩人サン・ジョン・ペルス（Saint-John Perse, 1887-1975）だろう。「フレンチ・クレオール」における「クレオール」は作家のアイデンティティであり、彼らの創作言語としてのクレオールではない。あくまでフランスの海外県として存在する「フランス文学」のサブジャンルということになる。

フランス語の素養がほとんどない筆者ですら、フランス語と似た音を持つ語彙が入っていることを認識することは容易である。だからといって、それがフランス語の方言であるとは言えない。

---

[3] カリブ海西インド諸島グァドループで黒人中産階級の家庭に生まれた。フランコフォン作家で、コロンビア大学でカリブ海文学を教えている。カリブ海―フランス―アフリカ―アメリカと文字通りグローバルに駆ける／架ける／書ける作家であり運動家でもある。

それは、フランス語系クレオール語の文法構造がアフリカ起源の言語にあるとする主張もあるからだ。[4] このようにクレオールということばの扱いをめぐってはさまざまな論争があるが、筆者の専門外であるためここまでに留めておきたい。

　その代わりに「国」単位での分類について少し考えてみたい。20世紀を振り返ると、表現力と創造力・想像力を駆使してヨーロッパの諸言語が各国の文学つまり「国民文学」を生み育ててきた。しかし、21世紀に入り、国の枠組みを超えた文学カテゴリーが主役になりつつある。そして「世界文学」や「グローバル作家」といった言葉も登場してきた。筆者をモーリシャスへと誘ったムーカジの作品は「世界文学」のジャンルにも入るだろう。2017年にノーベル文学賞を受賞したカズオ・イシグロ（1954-）や候補者リストの常連であると言われている村上春樹（1949-）はまさにグローバル作家と言えるだろう。こうして「国民文学の終焉」が叫ばれている中で、いくつもの言語が消えていったのも確かである。文学は言葉によって創造されていることは言うまでもない。そうして出来上がった文学作品は言葉を保管するための場所でもある。モーリシャスの文学には特にその役割を担う必要があると考える。

---

[4] ヴィラソーミはエジンバラ大学での修士論文（*Towards a Re-evaluation of Mauritian Creole* 1967）で詳細な分析を行い文法的には極めて英語に近いことを立証している。

3. モーリシャスのことばと文学

　ここからは、「モーリシャスのクレオール」ということばについて主にデヴ・ヴィラソーミとの会話の中で、またアーノルド・カポホーン教授の説明の中で、そして関連資料や学会などで見聞したことの中からいくらかの知見を活かしながら紹介していきたい。

　ほとんどのモーリシャス人は母語であるモーリシャスのクレオールを話すことができる。彼らは冗談交じりに「モーリシャス人はクレオールを話し、フランス語を読み、英語を書く」と説明してくれる。外国人が立ち寄る主要な場所、例えば空港やホテルでは英語とフランス語が併用され、新聞、雑誌やテレビ、ラジオなどのメディアはフランス語が優先されている。公用語である英語は、憲法そのものの表記をはじめ裁判などの法曹界、国会運営をはじめとする政界、そして教育の現場で確固とした地位を築いている。

　どのような場面においても、モーリシャスのクレオールだけを使ってコミュニケーションをとるモーリシャス人は、ある年齢層以上であるか、またはある階層以下であると言える。教育の言語として英語とフランス語を学ばなかった、或いは習得しきれなかった人たちである。公立学校ではこれまでどの教科も英語またはフランス語を用いて授業を実施してきたが、エリート層[5]を除いて英語とフランス語の言語能力だけではなく他の教科の内容が

---

[5] 裕福な家庭の子どもたちは学校の授業に加え、日本で言う塾のようなところに通わせたり、家庭教師をつけるなどして補足している。

十分に理解できない児童や生徒たちが見られた。[6] 家庭内での会話にクレオールを使用しない家族も増えてきた。そのような家庭では、子供たちを私立の学校に通わせ、英語とフランス語を完璧にマスターさせ、イギリス、カナダ、アメリカ、南アフリカ、インドなどの英語圏の国々、或いはフランスの大学に留学させることを目指している。

　一方、かつての支配者の言語とは別に「国家の言語」を持つことが独立国家としてのステイタスであるという考えもある。[7] モーリシャスがカリブ海諸国やレユニオンといったフランスの海外県と決定的に異なる点は、いうまでもなく独立国であることだ。しかし、独立後モーリシャスは宗主国の言語を含む「複数言語国家」として歩んできた。その最も大きな要因の一つは、インド系というアイデンティティをモーリシャス人としてよりも重要視していたラングーラムが初代首相であったことだ。彼は自分の祖先の起源であるインドと自分のアイデンティティを強く結び付

---

[6] 2001年ノーベル経済学賞を受賞したアメリカのジョセフ・E・スティグリッツ（Joseph E. Stiglitz）は「すべての国民に大学までの教育を無料で提供するとともに、学童には交通手段を提供し、さらにすべての国民に心臓手術を含む医療を無料で提供している小国の話を耳にしたら、皆さんは、その国はケタはずれにカネ持ちか財政危機に突き進んでいるかのどちらかだろうと思われるかもしれない。」『奇跡を遂げたモーリシャスの三つの注目点』(2011. 4. 21) <https://diamond.jp/articles/-/11949> と述べている。ただし教育費も医療費も公立のみ無料である。

[7] 例えば、インドネシアは独立後、「多民族が共存するインドネシアでは、どの民族が支配してもいけない。どの民族の言語（地方語）も国語になってはならない。ある民族の言語が国語になれば、その民族が国を支配するからである。」との信念のもとインドネシア語を国語として創り上げた。

第 2 章　ことば・文字・母国語、そしてモーリシャス文学　　33

けている。1943 年に植民地時代の議員に任命された時に彼は次のように主張している。

> 私が属する共同体では、ヒンディー語、ウルドゥー語、そしてタミル語のようなインド系の言語を当然の権利として我々の子供たちに教えたいと願っている。一つの言語または別の言語を抑制するような、いかなる変更も望ましくないし、当該の共同体に有害な影響を及ぼすだろう。
> … 私はインド系の学生たちは、フランス語といずれかのインド系の言語の両方を選択肢として持つべきだと考える。インドのような世界の他の地域で行われているように。
>
> My section of the community wishes to see that Indian languages such as Hindi, Urdu and Tamil are taught to our children as a matter of right. Any change that will bring about the suppression of one language or another is undesirable and will have a detrimental effect on that section of the community.
> … I think [Indian students] should have the option to take both of [French and one Indian language], as is done in other parts of the world, like India.
>
> 　　　　　(101, *Selected Speeches* 1979) (下線部筆者による)

表 2 からもわかるように、インド諸語を先祖の言葉に持つモーリシャス人は多数派である。

　ラングーラムは先に述べた独立後の国連でのスピーチとは裏腹

に、ここでは明らかに自分自身をインド系モーリシャス人の代表として認め、更にインドの言語政策を模範とするような発言をしている。一方で、同じくインド系モーリシャス人であるヴィラソーミは、国民国家としてモーリシャスが立っていくために重要な役割を果たすのが母国語であり、それはモーリシャス人にとっての母語、クレオールでなければならないと主張し続けてきた。彼は「モーリシャス国民」としてのアイデンティティ形成にクレオールで創作する文学を活用しようと試みてきた。歴史的事実に映し出された植民者と奴隷といった概念を現代風に戯曲に描き出していった。彼の主張と創作活動の詳細は第3章で改めて述べることにする。

　次に、「モーリシャス文学」の定義について考えてみようと思う。モーリシャスは地理的にはアフリカ圏に属することから、「アフリカ文学」という大きな枠組みに含めて語ることができる。例えば「アフリカ文学研究」において、モーリシャスで書かれている作品を研究することは可能である。ただし、「アフリカ文学」という枠組み自体が大変大きなものである。そもそもアフリカという大陸名の付いた文学ということになるからだ。[8] その上、植民地時代の影響で「英語圏アフリカ文学」と「フランス語圏アフリカ文学」そして「ポルトガル語圏およびその他のアフリカ文学」と創作言語で細分化され、国単位ではない。

---

[8] 筆者は「アフリカ研究」関連の国際学会でモーリシャスに関する発表を行ってきた。2002年から2018年の間に香港、上海、ハンガリー、カナダ、フランス、韓国での研究会に参加してきたが筆者を除いてモーリシャス文学を取り上げている発表の場に居合わせたことは一度もない。

現代の文学は、その大半が文字言語によって表現されている。「一つの言語を受け入れることは、ひとつの世界を引き受けることだ」とマルティニックの作家フランツ・ファノン（Frantz Fanon, 1925-1961）は述べているが、彼がここで言わんとすることは、フランス語であれ英語であれ、それらの言語を長年使用してきた人々の世界観をも同時に引き受けるということだ。つまり、「英語圏アフリカ文学」にはイギリス文化がそして、「フランス語圏アフリカ文学」にはフランス文化の世界観が大きく投影されているということになる。

　これらの点をモーリシャス文学に当てはめてみよう。モーリシャスが独立に至る前の段階として特徴的な点は、イギリス統治下においてフランス語文学が成立したことだ。つまり、イギリス植民地文学がフランス語で書かれていたということである。20世紀には英語で書かれた文学が登場したが、それは奴隷制廃止後、英語を使うインド系住民が増加し、19世紀末には住民の多くがインド系になった結果である。独立を前にして、クレオールで書かれた文学が登場しはじめた。そして独立後は、独立国家としてのモーリシャスのアイデンティティ、文化、言語が成立していないことに気づいた人々によって更にクレオールの重要性に目が向けられるようになった。一方で、独立後モーリシャスは英語を公用語としてきた。こうした状況の中で、モーリシャスの文学は、その使用言語として、モーリシャス語、フランス語、英語、時にはインド諸語を幅広く受け入れてきたと言える。

　このような文学をめぐる歴史の流れの中で、ファノンの指摘を再考するならば、モーリシャスの引き受けた文化世界は非常に広

大である。ヨーロッパ（フランスとイギリス）とアフリカ大陸（モザンビーク）とマダガスカルから、そして、アジア（インドと中国）である。現在、それらの文化世界は、モーリシャス政府が思い描くような「メルティング・ポット」として融合しているとは言いがたい。それはモーリシャスに滞在したことがあれば誰もが容易に感じることができると思う。インド系（ヒンズー教とイスラム教）モーリシャス人、中国系モーリシャス人、ヨーロッパ系モーリシャス人、アフリカ系モーリシャス人（クレオール）の境界線が可視化されるからだ。一方、言語の面では融合に成功している。複雑な生成過程を経て融合したクレオールということばを共通の言語として創り出し、モーリシャス語という母国語の段階にまできている。まさに根底にある異質の言語文化の再構築であり、それがモーリシャスの精神的独創性につながる。

　モーリシャスの内情をよく知らない人たちが「モーリシャス文学」と聞いて思い浮かべるのは、モーリシャスという島の文学かもしれない。あるいはモーリシャス共和国、つまり本島プラス包括領土であるロドリゲス島、アガレガ島、そしてセントブランドン島（図1参照）に加えて、今日に至るまで国際司法の場で領土権が問われているチャゴス諸島を含む国土が生み出す文学だろうか。または「モーリシャス人」という多民族からなる「一国民」が創作した文学だろうか。「モーリシャスの作家」というアイデンティティで語れるのはどのような作家たちだろうか。モーリシャスで生まれ育ち、英語かフランス語で作品を発表している作家たちに加え、イギリスやフランスの大学で学びそのままその地に移住し作品を発表している作家たちも含まれるかもしれない。

大変大雑把にフランス語や英語で書かれた「モーリシャスの作家」による作品を眺めてみると、どこかエキゾチックな雰囲気を醸し出し、まるで土産物屋で販売されているポストカードのようである。そのポストカードにはお決まりの「モーリシャス島」(Ile de Mauritius) という刻印が押されている。国名ではなく島の名前である。そして、多くの作品にはフランスの海外県であるかのように、或いはインドの属領であるかのようにフランス語やインド諸語が躍っている。そのような作品の中では、クレオールということばは田舎者のことばとして嘲りや蔑みの対象となっている。

　繰り返し述べてきたが、モーリシャスは植民地主義の産物として無人島から創り上げられた国家である。ゆえに、国家を統合するために必要である歴史上の事実と個人的あるいは国家的な記憶、特に共有すべき豊かな過去の記憶が欠如していると言わざるをえない。共有すべき事柄の欠如は、民族間の境界線を更に可視化させる。融合できずにいる民族を超民族的に統合するためには、共通の文化遺産であるモーリシャスの「クレオール」ということばが果たす役割は大きい。その役割の重要性をモーリシャス国民に認めてもらうために何らかの手立てを講じる必要があった。それは「話しことば」として流通してきたモーリシャス人の母語であるクレオールということばを「書き言葉」として確立すること、そしてそのことばに「モーリシャス語」としてのステイタスを与えることである。究極は、文学の使用言語になり、シェークスピアと肩を並べることである。

　表記法を持たない「話しことば」を文字化することに関する問題点は、筆者が 2004 年、国際比較文学会香港大会 (International

Comparative Literature Association at Hong Kong) でヴィラソーミの創作について発表した際に指摘された内容と関係することでもある。[9] この時の指摘は、「クレオールということばは、話しことばであり、音を楽しむことばである。そして、個々の変種にこそ、その醍醐味があり、文字化することにより加工品、或いはまったく異なることばになってしまうのではないか」というものだった。[10] 何年もモーリシャスに通っている筆者は、いつもモーリシャスのクレオールで簡単な挨拶を試みる。しかし、毎回言い直しをさせられる。人によってはかなり異なる発音での言い直しを強いられることさえある。「話しことば」とはこのように非確定的かつ排他的であるのかもしれない。

　一般的に文字（書き言葉）の発明が、広義の文学に貢献してきたことは言うまでもない。一方、口承文学では文字によって表現しきれない語りの重要な部分、音声言語を味わうことができる。確かに音を楽しみ味わうという点を忘れてクレオールの文字化の重要性云々を語ることはできないのかもしれない。その点を認めつつも、モーリシャスに限らずクレオールということばの擁護運動は、すべてのことばの文字化を成し遂げ、更に文学の表現手段として使用することにも挑戦している。そして私たちのようなクレオールの非母語話者がクレオールということばに触れることが

---

[9] 発表タイトルは "Creole Pasts, Mauritian Futures: a Role of Dev Virahsawmy in Making a Mother Tongue of Mauritius" である。Proceedings は <http://www.ailc-icla.org/site/2004-hong-kong/> からダウンロードできる。

[10] ショダンソン『クレオール語』(2000) の訳者の一人である田中克彦は「あとがき」で同様の指摘をしている。

できるのは、基本的には文字としての「クレオール語」を通してである。

モーリシャスのクレオールで作品を書いている作家の中には、ヴィラソーミのように民族の溝を埋めようとしている作家と、階級の溝を意識している作家がいる。後者はリンゼイ・コレン（Lindsey Collen）である。彼女もまたモーリシャスの「クレオール語（Kreol）[11]」を母語として確立し、階級格差を埋めるために教育言語とすべきであると主張してきた。

コレンは1948年に南アフリカで生まれた。彼女は、アパルトヘイト時代に育ち、学生時代から政治的な活動を行ってきた。1974年にモーリシャス人と結婚しモーリシャスに移住した。彼女はモーリシャスでも政治活動家である。作家として作品を発表し始めたのは、モーリシャス移住後である。従って、彼女は「モーリシャスの作家」であると言える。夫とともに政治団体ラリット（Lalit）[12]を立ち上げた。その活動の中心には労働者たちの識字率向上がある。そのために、モーリシャスのクレオール語での出版と教育を推進してきた。彼女たちの主張はモーリシャスのクレオールを母語として擁護し、その母語を使っての多言語教育を推進することである。この点はヴィラソーミと相通じるところである。ただし、彼女たちはモーリシャス人の母語としてボ

---

[11] コレンはモーリシャスのクレオール語を Kreol（MK）と表記するのが特徴的である。

[12] 活動の詳細は公式ホームページ参照。<http://www.lalitmauritius.org/en/news.html>

ジュプリー語 (Bhojpuri)[13] も含めるべきだと主張している点がヴィラソーミと異なるところである。

コレンは英語とモーリシャスのクレオール語で創作活動をしている。彼女が英語で書いた作品はコモンウェルス賞のアフリカ地域ベストブック (Commonwealth Prizes for Best Book for the African region) を2度受賞している。1994年に出版された *The Rape of Sita* と 2005 年の *Boy* である。ヨーロッパでの評価も高い。*The Rape of Sita* はオレンジ賞[14]の最終選考にも残っているほどの作品である。しかし 1994 年、モーリシャス国内では出版を禁止された。[15] 彼女は、女性と労働者の現実を凝視し作品に投影している。彼女の作品では、「特別な誰か」ではなく「身の回りにいる誰か」が主人公なのである。

南アフリカからモーリシャスに移住することで、コレンの中に新しい知が芽生えたのだろう。彼女はそれまでの政治的活動に加え、モーリシャスのクレオール語という武器を獲得した。文学作品を通して、また母国語教育を通してそれらのことばを伝えようとしてきた。彼女の作品はモーリシャスという環境ではその過激性ゆえに発刊禁止になったり、全く無視されたり、新しく出会った人には全く通じなかったりするといったことを経験してきた。

---

[13] インドのビハール (Bihar) 州西部とウッタルプラデージュ (Uttar Pradesh) 州東部で話されているビハール語の方言。

[14] イギリスで最も権威のある賞のひとつ。現在はベイリーズ賞。1996 年から 2012 年はオレンジ賞 (Orange Prize for Fiction または Orange Broadband Prize for Fiction)、2013 年は女性小説賞 (Women's Prize for Fiction) という名称だった。

[15] 「殺害の脅迫まで受けた」と筆者とのインタビューで語ってくれた。

しかし、コンデが言うように、個々の作家の「主観性と自分の個人史に照らし［た］、自分の声と自分の道」(37)を見出すことが作家にとっては何よりも大切なのである。コレンには個人の主観性と南アフリカに生まれ育ちながら、モーリシャス国民のために積み重ねた個人史に照らした声がある。彼女は複雑な現実を的確に把握し、多岐にわたる問題を文学作品に表現する力がある。彼女の描く労働者階級は、植民地主義と新植民地主義の被害者なのである。

　2018年に国連は初めて「世界翻訳の日（World Translation Day）」を9月30日と設定した。その同じ月にラリットはモーリシャスで翻訳コンテストを主催した。そこでは、様々な背景を持つ68名が122の翻訳作品を提出し、その翻訳技能を競った。それは英語からモーリシャスのクレオール語への翻訳である。コレンは、階級の溝を埋めようと労働者に対して識字教育を実践してきた。このコンテストは母語の認識を深め、母語による識字率向上を目指してきた結果だと言える。彼女とその同志たちは、モーリシャスには民族や言語の溝があることを認識した上で、あらゆる偏見や差別感情を克服する模索を続けている。

第3章　クリエイティブにクレオール

　ここからは改めて、デヴ・ヴィラソーミ[1]を紹介したいと思う。彼は1942年3月16日、イギリスの植民地であったモーリシャスで生まれた。独立前にインドからやってきた契約労働者を祖先に持つインド系移民の第4世代である。

　デヴは幼少期に最愛の母との悲しい別れを経験している。彼の母グナ（Damiantee aka Guna Pyndiah）は、インドの古い伝統に則り初潮を迎えた16歳の時に、親の決めた相手ラムダス（Ramdass Virahsawmy）と結婚することになった。そして結婚から9か月経って生まれたのがデヴである。デヴが3歳の年にモーリシャスでは小児麻痺（ポリオ）が流行した。グナの懸命の看護により、一命を取り留めたデヴであるが、その左腕は委縮したまま自由を失ってしまった。

---

[1] このセクションではデヴ・ヴィラソーミをデヴと呼ぶ。家族について言及するので混乱を避けるためである。

第3章 クリエイティブにクレオール 43

(写真1:デヴ・ヴィラソーミと妻ロガ、ヴィラソーミ提供)

　グナは、このことがあってから一層デヴに愛情と知を注ぎ込んだ。彼女は知りうる限りのクレオールの詩歌を歌って聞かせた。[2] このようにして、グナはデヴの心に今日まで消えることのないクレオールへの愛と文学への愛を注ぎ込んだといっても過言ではない。[3] そしてもう一人、デヴの創作に影響を及ぼした人物がいる。それは叔父のイラナ（Tata Irana）である。語り部としての彼の民話語りは、当時近所の子供たちに大変な人気があった。[4] デヴが住んでいたグッドランド（Goodlands）では、子供たちにとってクレオールで会話できることが洗練されていることの証であり、ボジュプリー語で話すことは蔑まれるようになっていた時代である。こうしてデヴは当時のモーリシャスでは裕福であったビ

---

[2] グナは英語、フランス語に堪能であり、学業成績もよかった。スタンダード6の試験に合格することはインド系の女性ではとても珍しい時代だった。

[3] デヴの個人史は2017年に妻ロガによって出版された *The Lotus Flower* (Loga Virahsawmy) に詳しい。

[4] 再集録されたFolktaleはインドの影響が色濃くみられる。参考文献リスト参照。

ジネス一家の長男として、母と叔父から「クレオール」のエリート教育を受けたことになる。

　グナは結婚してから 10 年のうちに 8 人の子供を出産した。そして、26 歳の時、最後の出産で命を落とした。デヴが 9 歳の時のことだ。グナの遺言により、デヴは彼女の一番上の兄ラム (Dharma aka Ram Pyndiah) によって大切に育てられた。その結果、デヴは高等教育機関で優秀な成績を修め、エジンバラ大学への入学が認められた。出発前に彼の友人たちが開いてくれたパーティーの席で、彼はモーリシャスでは「我々の言語、つまりクレオールが自分たちの母語である」ことを高らかに宣言したのである。そしてこの頃、人生の伴侶となるロガへの愛も宣言していた。

　デヴは、エジンバラ大学で応用言語学を学ぶことになる。修士論文の研究テーマは、『モーリシャス・クレオールの再評価に向けて』(*Towards a re-evaluation of Mauritian Creole*, 1967) である。この論文の完成には、その時既に伴侶となり、同志となったロガの献身的な手助けがあった。彼は、幼少期の母と叔父の影響により、クレオールということばこそがモーリシャスを一流の国家にするために必要であるという確信を持っていた。その確信はデヴ自身の言葉によって次のように語られている。

　　モーリシャスでは、「クレオール」ということばは、解放された奴隷の子孫で黒色人種の特徴を持つ人々に適用される。アジアからの後続移民、及びヨーロッパ系の移民や白人と黒人の混血とは区別される。

一般的に、言語の名称は民族集団の名称から規定されるが、クレオールは「クレオール」と呼ばれる人たちによってのみ話されているわけではない。多くの場所でほとんどすべての人々によって話されており、その多くの人々にとっての第一言語なのである。

In Mauritius, the word [Creole] applies to the descendants of the freed slaves and to the people with negroid features as opposed to the later immigrants from Asia on the one hand and the European settlers and mulattoes on the other.

From the name of an ethnic group emerged the name of the language. But Creole is not spoken only by those described above. In many places it is the language spoken by almost everybody and for many, it is a first language.

（Virahsawmy, 1967, 3）

デヴはモーリシャスの憲法で規定されてきた民族共同体とその祖先の言語との結びつきに危機感を覚えていた。「一般住民」として区分されたクレオールの共同体集団が、モーリシャスで話されているクレオールを自分たちの祖先の言語であると主張し始めたらどうだろうか。モーリシャスのクレオールに「母国語」としてのラベル付けをする機会を失ってしまうかもしれない。そうなってしまう前にまず「モーリシャス語」（Morisien）と呼ぶことで母国語として認識し確固たる地位を築こうとした。その上で、その母国語を使って創作することによりモーリシャス語の言語として

のクオリティを立証しようとしたのだ。

　デヴが主張するように、日本語、中国語、韓国語のように国民国家として成立した国の文学には、母国語の存在がある。[5] 例えば、日本文学は、日本国の歴史、民族、文化、言語などの諸要素が絡み合い、独自の文学として形成されてきた。文字の誕生以前、口伝（語りや歌）はどこの地域や民族の中にも存在したであろう文化の伝達手段で、口承文学であった。詩は朗読されたり歌われたり、物語は語られるものであった。このように、「共通の起源と豊かな記憶」が国民文学と呼べるものを生み出し育てるのだと言える。

　モーリシャスには原住民が存在しなかったかったことは繰り返し述べてきたが、モーリシャスに集まった民族は共通の話しことばとしてモーリシャスのクレオールを作った。その話しことばを基に文字を起こし、書き言葉として表記方法を確立しモーリシャス語を創り上げてきた。そうして出来上がったモーリシャス語を使った作品を「モーリシャス文学」の中心に位置付けるのであれば、その初期段階もまた、口承的要素が大きい演劇や詩といった形態が自然であり、受容されやすいのかもしれない。

　デヴは、生まれ育ってきた道程に刻み込まれてきた母語でのみ創作することができるとしてモーリシャス語での作品を発表し続けてきた。彼は、幼少期に蓄積したモーリシャスのクレオールの美しい響きを詩として書き留めている。話しことばからの出発で

---

[5] 国語の重要性に関しては、多くの有識者が言及している。例えば、藤原正彦は『祖国とは国語』（2006）で「国語が思考そのものと深く関っている」（p. 15）と述べ、様々な国語の役割を強調している。

あれば、デヴの創作も口承性を活かすことができる詩や戯曲から始められているのはごく自然のことである。

　デヴは、翻訳や創作活動に没頭する前に、独立した国家の母国語としてモーリシャス語を確立するために、まず政治家として国民の言語に対する意識を改革しようと試みた。1968 年 3 月にモーリシャスが独立した後、彼はエジンバラから帰国した。その直後に議員の欠員による選挙があった。彼はそれを絶好のチャンスと考え立候補した。自家用車もなく大々的な選挙運動はできなかったが、「国民の統合を果たすためにモーリシャス語を母国語として確立させたい」という信念を語り歩いた。その結果、彼は当選し政治家としての道を歩み始めた。当時の政府に反対する人々の票が集まった結果だった。1972 年に、反政府の活動家議員として投獄された彼は、獄中での時間を利用し創作活動に専念した。その時の作品がのちにフランスで高く評価されることになる『やつ』(*Li*)[6] という戯曲である。1981 年にフランスで開催された第 11 回アフリカ演劇大会 (the 11th Concours théâtral interafricain) で第 1 位を受賞することになるこの戯曲は、モーリシャス国内では検閲にかかりリハーサルすら禁止されていた。

　デヴはインド系移民の子孫であるが、彼のアイデンティティにはインドという要素が入り込む隙間はない。応用言語学を学び、英語教師として生計を立てながらも、英語での創作活動はしてこなかった。一方、英語やフランス語の古典をモーリシャス語に積極的に翻訳している。一般的にクレオールのような話しことばを

---

[6] 本作品は第 II 部に収録されている。

書き言葉、そして文学の創作言語として確立する際に、古典の翻訳を試みることで、そのことばの語彙力と表現力を立証することがある。彼の場合も例外ではない。デヴは「古典的で一流と呼ばれている文学作品をモーリシャス語に翻訳することが可能であることが証明できれば、モーリシャス語は不完全なフランス語（Broken French）というレッテルを剥がすことができる。クレオール化した言語が十分な発達を遂げ、それを話す国民の名をつけ母国語となったのがモーリシャス語である」と主張している。それを証明するために、シェークスピアの劇や詩の翻訳から取り掛かった。[7] デヴの全作品は彼の公式ホームページ上で見ることができる。[8]

モーリシャスの言語政策は、デヴの献身的な取り組みにより独立50周年を迎えてひとつの実を結んだといえる。彼は20年以上の歳月をかけて、モーリシャス語と英語の二言語での識字率向上を目指し、理論と実践を積み上げてきた。デヴが言うように「英語はそれ自体がクレオールである」という仮説がある。ここではモーリシャス語のクレオール化との比較はしない。モーリシャス語がフランス語源のクレオールと考えられがちだが、デヴは文法構造は極めて英語に近いことを示し、母国語による英語教

---

[7] フランス語とクレオール研究の第一人者として著名である恒川邦夫による『管見「フランス語系クレオール（諸）語」』に、ヴィラソーミの翻訳は翻案に近いと解説されている。その理由として恒川は、モーリシャス語の未熟さによるものか、モーリシャス語の修辞や響きを大切にしてのことかは不明であるとしている。

[8] <http://boukiebanane.com/>

第3章　クリエイティブにクレオール　49

育を提言した。写真2は、モーリシャス語を使って英語を教えるためにデヴが作成した教師用の教本である。この方法が段階的に実施されはじめている。

（写真2）

　モーリシャスのように天然資源が乏しい小国にとって、そして共有できる豊かな記憶や歴史が乏しい小国にとって、人的資源と共有財産は重要である。モーリシャス人の多言語運用能力は国際社会へのアピールになるし、すべての国民が共有してきたモーリシャス語は国民の統合に必要である。デヴは、母国語としてモーリシャス語を確立した上で、母国語を使って英語を教育することがモーリシャスを国民国家として統合し成長させるために必要不可欠であると主張してきた。それだけではなく、応用言語学で得た知識を使い、それが言語の構造的にも優れた教授法であることも証明してきた。

　それは独立50周年を迎える今日に至るまで彼の願いでありつづけ、積み重ねてきた実践でもある。独立直後は政治にかかわり

ながらモーリシャス国民の統合にむけて戦ってきたといえる。ただし、彼の戦いは創作活動を通しての「ペンと論」の戦いだったことは言うまでもない。

　本書では第Ⅱ部で、デヴ・ヴィラソーミの初期の戯曲二編を紹介するが、ここでまず、それぞれの作品の背景と梗概を示しておきたい。

　『やつ』（Li）はデヴが「モーリシャス語」で創作した最初の戯曲である。独立直後のモーリシャス社会を知る上で極めて重要な作品であり、デヴが投獄中に書いた作品である。舞台は、「ある政治犯」を収容している刑務所の刑務官控え室であり、主人公は収容されている政治犯である。「インテリ」らしいその政治犯は独房4号室[9]に収監されている。その政治犯は、劇中一度も姿を見せることがないばかりか、名前すら明かされない。代名詞で「やつ」（Li: 彼の意）と呼ばれる政治犯は、常に他の登場人物たちの思考と話題の中心に置かれている。彼の存在そのものがこの物語の原動力となっている。目に見えない力を持っており、いつも他の心を動かして、民衆に大きな影響を及ぼしている。

　モーリシャス語の"Li"は三人称単数を表す代名詞[10]である。英語の場合とは異なり格によって変化することはない。これは植民地の歴史言語学の観点からは、言語の単純化、つまり複雑な格変化を持たないようにするためと説明されるだろう。しかし、デヴにとっては格に支配されないこの代名詞"Li"こそが、英語で

---

[9] モーリシャス語では数字に特別な意味がある。4 (kat) は死を意味する。
[10] モーリシャス語の1人称単数（mo）、2人称単数（to）、3人称単数（li）。

は表現できない不変の概念を含んだ言葉として重要な意味を持つのだ。決して形を変えない絶対的信念の持ち主として表象できる。

　デヴは、登場人物たちにそれぞれ、インドの古典と聖書からとった名前を与えている。そして、それぞれの名前が持っている特別な役割も合わせて与えている。アルジュナは、インドのヒンズー教の経典である大叙事詩『マハーバーラタ』の一部である「バガワッド・ギータ」の主人公である。その物語でアルジュナは、神の化身クリシュナから、武士の階級として道徳と義務を全うすることの重要性を説かれる。そして、次から次へと襲い掛かる艱難辛苦を乗り越える道徳物語である。ラワナは「ラーマヤナ」に登場する魔王である。ラーマ王子は美しい妻シーターとともに、王である父の命に従い森で隠棲することになる。魔王ラワナはラーマの留守中、策略によってシーターを連れ去り自分のものにしようとするが、彼女は貞節を守り夫によって無事に救い出される。インドの説話では、登場人物の人格が物語の途中で変わることはないと言われている。悪人は悪人のまま、英雄は英雄のままである。これは運命論とも通じ、ヒンズー教の階級制度の基盤として残されてきた。

　このようなインドの古典にちなんだ登場人物に加え、キリスト教の象徴も登場させている。決して姿を現さないが命をかけて戦った名もない政治犯（「やつ」）に、デヴはキリストの姿を重ねている。そして、唯一の女性の登場人物であるアンジェラには堕落の天使を、そしてピエールにはキリストの弟子であるペテロをそれぞれロールモデルとした役割を与えている。

　デヴのほとんどの作品にはシェークスピアの影響が見られる

が、この作品でも主人公が殺害される重要な場面にマクベスからの引用がある。この作品を作った時代、つまり1970年代のモーリシャスにはまだ悲劇を鑑賞する風潮がないことを感じていたデヴは、この段階ではほんの短い台詞を引用しただけで、シェークスピアを完全に自分の作品に引き入れることはしなかった。

デヴは、様々なシェークスピア作品をモーリシャス語に翻訳する過程で『テンペスト』(*Tempest*)に登場する魔法の島の先住民で奴隷でもあるキャリバン（Caliban）に深い関心を寄せるようになっていった。そしてついに、モーリシャスを舞台にした翻案作品の主人公「カリバン」（Kalibann）として蘇らせることに成功した。それが『あらし』(*Taufann*)である。独立後23年目の1991年に発表された。翌1992年にはモーリシャスが共和国となった政治的に激動の年でもある。この作品のタイトルは、ヒンディー語でハリケーン、またはサイクロンを意味している。デヴは、シェークスピアが『テンペスト』で使った魔法を現代風に翻案している。コンピューターやロボットを登場させ、科学を「ホワイト・マジック」と呼ぶ。そのマジックを駆使して復讐を企んでいるのが、かつて王であったプロスペロである。彼は20年前にリア王の策略で王位を奪われ、無人島（モーリシャス島を想定）に流されてしまっていた。プロスペロは復讐を果たすために、リア王をはじめとして自分を苦しめた人々が乗っている船を嵐に巻き込んだ。しかし、その嵐というのはプロスペロによって作り出された仮想現実なのである。プロスペロは、娘コーデリアとリア王の息子フェルジナン王子を結婚させ、権力の奪回を狙うのだが、王子は事故の後遺症のため子孫を望めない体になっていた。

一方、コーデリアは彼女の父親が奴隷同様に使ってきたカリバンを自分の夫として選択する。最終的には、そのカリバンが王位に即くことになる。

この作品の中でカリバンに付けられた「バタール」(batar) という語は、モーリシャス語で「私生児」と「混血」を意味する("bastard" と "mongrel")。デヴは宗主国であったヨーロッパから本当の意味で独立を果たすためには、この「バタール」こそが国造りの中心となるべきだということをここで示唆している。「バタール」は、出身地アフリカの人間ではない。アフリカの過去から切り離され、「歴史」意識とは無縁な世界で生きている、まさにモーリシャス人そのものであるといえる。

『やつ』は 21 世紀になってモーリシャスで上演の機会を得た。『あらし』はイギリスに住むウォーリング夫妻 (Michael & Nisha Walling) により英語に翻訳され 1999 年にロンドンで上演されている。

デヴは、英語からモーリシャス語に翻訳する中で、シェークスピアの作品で台詞やメタファーが果たしてきた見逃すことのできない役割が、モーリシャスにも当てはまるものと確信してテクストに取り込む必要を感じてきた。キャリバンのメタファーはアフリカやアメリカの先住民の枠を越え、植民者に対峙するすべての被植民者を体現する普遍的な象徴である。そしてその普遍的な象徴はモーリシャスでは「クレオール」そのものなのである。デヴの創作活動の目的が、モーリシャスが内包する問題の原因を追及し、改革することにあるとすれば、『あらし』の果たす役割は、権力を持っている言語・民族の再構築にこそあるのかもしれない。

デヴは、先住民がいないモーリシャスで国民統合の旗印としてモーリシャス語を掲げた。そして、そのモーリシャス語を母国語としないものを「共通の他者」とすることを考えた。植民地主義に対立するものとしてのポスト・コロニアリズムではなく、むしろ植民地主義を補うものとしてのポストを考える時、植民地状況が形成した文化や政治を切り離すのではなく、それが周辺へと追いやってきたものを中心化するのである。さらに、その中心化に多様な現状を組み込むためには、歴史を取り込んできた「クレオール」作家による「クレオール」（モーリシャス語）での創作を中心にする必要があった。

　最後に、モーリシャス人作家たちの直面する問題を考えてみたい。多民族多言語国家であるがゆえに使用言語や題材の問題が挙げられる。そして、読者の問題もある。日常的に大多数の国民が共有するモーリシャス語であるが、モーリシャス語で出版した場合、モーリシャス人読者を得ることができるという可能性はどの程度あるかが大きな課題である。またモーリシャス人以外の読者、国外の読者を対象にする場合は、翻訳も視野に入れなければならないだろう。小さな国の文学への大きな挑戦は始まったばかりである。

　第II部で紹介する二編の戯曲は、原作者デヴ・ヴィラソーミのモーリシャス語の原作からの翻案である。日本語で紹介するにあたり、ヴィラソーミの作品の重要性を早い段階で見出し、英語に翻訳（翻案）した翻訳者たちの了解を得たうえで、英語からの翻案であることをお断りしたい。

第 II 部

デヴ・ヴィラソーミの文学作品

第4章　『やつ』（*Li*）

登場人物

アルジュナ：　若い警官
ラワナ　　：　巡査部長（40歳）
アンジェラ：　ラワナの愛人
ピエール　：　事務係員
マイク　　：　老いた警官（50歳）

場面

政治犯を収容する拘置所内の警衛室。左手には独房に続くドア。右手には正面入り口に続くドア。右側に食器棚。左手のドア近くには、台の上に手洗い用のボールと床に置いた水差し。部屋の中央にテーブルと3脚の椅子。テーブルの上には電話と分厚い日誌。

場面 1

舞台の幕が上がると、マイクは観客に向いてテーブルにつき、日誌に小さな鏡を立て掛け、はさみで髭を整えている。開襟のシャツを着ているラワナはマイクを見ながら手拭[1]で首の周りを拭っている。

ラワナ：マイク、いつまで髭遊びをすれば気が済むんだい。
マイク：いや、まずは身だしなみからってね。
ラワナ：へえー、巡査さん。あんたみたいな老いぼれ猿が身だしなみとはねえ。頭にゃ黒い髪の一本も残っちゃいねえぜ。
マイク：うるせえんだよ、巡査部長さん。頭が何だって言うんだ。年をとってもな、俺はそんじょそこらの若いもんにゃ負けやしねえぜ。
ラワナ：わかってるさ。だからそうかっかしなさんなって。まったく短気なんだから。ただあんたはもうお年だからお楽しみなんて無理かと思っただけさ、気取り屋さん。[2]
マイク：いいかい、お坊ちゃん。お前の立場ってやつを教えてやろうか。俺はな、お前を本気で巡査部長だなんてこれっぽっちも思っちゃいねえからな。
ラワナ：それで結構。俺たちゃ友達だからな。
マイク：よーし完璧だ。（はさみをテーブルに置き、ポケットに

---

[1] 原文は「ハンカチ」とあるが、より大きい文脈や日本文化における適当性から判断して「手拭」にした。
[2] チャーリー・チャップリンのように気取っている。

鏡をしまう。）部長さんよ。12時になるんで、そろそろ出かけるとしますよ。女を待たせるわけにゃ...うーん、かぐわしきかわいい女(ひと)よ！

ラワナ：待ちな。あんたの代わりが来ちゃいねえぜ。ほんとに短気なやつだ。あんたみてえに海千山千なら、女ってやつはじらせたほうが効き目があるって事くらい心得ているだろうよ。

マイク：自分がしていることくらい心得ているよ。なんだって代わりのやつは遅いんだ？ そもそもそいつは一体何者なんだ？

ラワナ：何だって？

マイク：俺の代わりってのは誰なんだ？

ラワナ：ああ、そのことか！ そいつは訓練学校上がりの若造さ、まだ未熟者だよ。

マイク：そいつは俺たちの邪魔にならないだろうな？

ラワナ：邪魔だって？ ご冗談を。任務が終わるまでには俺の言いなりになってるだろうさ。とにかく、あんたは2時までに必ず戻って来るんだ。忘れるな、すべては2時半に予定されているんだからな。3時になる前には終わらせるんだぞ。

マイク：心配するな。俺に任せておけって。（時計を見る。）なんだってそいつはこんなにもたもたしてるんだ？

ラワナ：まあ、落ち着け。座って一息つけよ。5分やそこらじゃ何も変わらないだろ？（マイクは答えず。）
　すべて順調さ。あんたはやるべきことがわかっているんだ。2時半だぞ、忘れるな...マイク、何を気に病んでいる

んだ？

マイク：何でもないさ。(沈黙。)ラワナ、お前はあの戦争で戦ったかい？

ラワナ：ああ、なぜだ？

マイク：人を、お前のような人間をだ、殺らなきゃならなかった時、何を感じた？

ラワナ：どういう意味だ？ 俺のような人間だって！ 相手は敵だろう？ 殺らなきゃ向こうに殺られるまでさ。初めての時はきつかった。だが引き金をひきゃあ…バン！ 敵は倒れ、そいつの血が自由の証さ。その後は簡単さ。1人、2人、3人、10人ってな。何人殺ろうが大した問題じゃないんだ。

マイク：お前は何人殺ったんだ？

ラワナ：大勢さ。

マイク：そいつらのことを考えたことがあるか？ お前が殺った奴らだ。そいつらはお前の敵だったが、そいつらにも愛する親もいたし、そいつらだって親だったり夫だったりしたんだ。

ラワナ：俺は自分の仕事をしたまでさ。殺れと命じられたら殺るまでさ。大勢殺れば殺るほど、上司たちは俺のことを気に入ってくれる、そうすりゃもっとメダルが増え、えらくなるってもんさ。

マイク：俺は、これまで人を殺したことなんぞ、ない…(きまりが悪そうに含み笑いを浮かべながら。)それより女を抱いてるほうがいいね。

ラワナ：俺にとっちゃ、殺ることも女とやることも全く同じさ。

マイク：戦争だろ、今のお前をそんなにしちまったのは。

ラワナ：戦争のお陰で俺は男になれたんだ。戦争で大騒ぎしやがるのは女と弱虫だけさ。マイク、こいつだけは忘れるなよ。もしこの世の中で上手くやっていきたいなら上司を喜ばせておけ。（マイクは答えない。）なに、簡単なことさ。俺たちは考えるためじゃなく、言われた通りにするために手当てをもらってるのさ。

マイク：ああ、こん畜生！　何だってあの野郎はまだ来ないんだ？　一体どこで油を売ってるんだ？

ラワナ：女、女、女！　女のことしか頭にないのか。少しの間だけでもあんたのかわいらしい娘のことは忘れないか！　俺はあんたに一番心得てるのは上司だってことを教えてやろうとしてるんだぞ。頭がいいのは上司なんだ。上司が俺たちみんなの利益になることは何かを決めるんだ、そしたら実行しなけりゃならん。（ラワナはテーブルに座った。）更に上司は権力も影響力もあるんだ。男を立てることも潰すこともできるんだ。上司を失望させちまったら、おしまいさ。

マイク：なんで俺にそんなことを言うんだ？

ラワナ：マイク！　マイク！（嘲ったように笑い立ち上がり、さりげなく右手のドアの方へ歩く。突然マイクの方に振り返る。）去年の強姦事件を覚えてるか？　かわいそうな娘だ。

マイク：部長！

ラワナ：部長だって？　ちぇっ！　俺の名前を忘れたのか？　ラワナだ、あんたの親友だろ。（右手のドアをノックする音がする。）誰だ？（シャツのボタンを留め服をぴんと伸ばしドア

を開けに行く。)

場面 2

ラワナ：(ドアを開けながら) なぜ返事をしなかった？ お前はここで一番えらいとでも思っているのか！

アルジュナ：名乗りました、巡査部長。(彼の声だけが舞台裏から聞こえる。)

ラワナ：もういい！ それでお前がマイクの交代要員だな。

アルジュナ：そうです、巡査部長。

ラワナ：入りたまえ。(アルジュナは25歳くらい、中背でがっしりした体格。気まずそうにドアの傍らに立っている。)

ラワナ：名乗りたまえ。

アルジュナ：(気をつけの姿勢で) 警官のアルジュナです。

ラワナ：よろしいアルジュナ。担当任務については聞いていると思うが。

マイク：何故遅れたんだ？ ここに12時に来ることになってただろう。

アルジュナ：申し訳ありません、旦那。仕方がなかったのです。交通事情で時間どおりに来られなかったのです。

ラワナ：交通事情だと、まさか！ 客のためにバスやタクシーがわんさと列をなしているってのに。

アルジュナ：最新の情報をお聞きになってないんですね。運転手たちは今朝10時からストライキに入っているのです。

ラワナ：なんだと！ だが何のためだ？

アルジュナ：誰にもはっきりとはわからないのです。政治犯全員の釈放を要求しているようです。
マイク：政治犯の釈放だと！（皮肉たっぷりに笑う。）ラワナ、俺はもう行かないと。
ラワナ：記入事項を書いてってくれ。いいな、2 時までには戻るんだぞ。
マイク：戻りますよ、巡査部長。
ラワナ：今日の予定はなんだ？ あ？ 釜掘りか？（マイクは聞こえない振りをして帽子をかぶり出て行く。）（ラワナは意地悪そうに笑う。）俺はいつだってあんたを見つけるさ、必要な時にはな。どんなことがあっても忘れるなよ、兄弟！

場面 3

ラワナ：座って楽にしたまえ、アルジュナ。君をアルジュナと呼んでもかまわないだろうね。
アルジュナ：（困ったような顔つきで）かまいません。巡査部長。
ラワナ：ここの状況は把握しているのか？
アルジュナ：どちらともいえません。
ラワナ：よろしい。4 番の独房に危険な囚人がいるんだ。15 分おきにドアの覗き穴からそいつを監視しろ。中へ入ってはならんぞ、必ず覗き穴を使うんだ。わかったか？ それから監視記録をあそこの分厚い日誌に記入しろ。30 分おきに本部に電話をし、情報を伝えておけ。いや、電話は俺に任せろ。俺が自分で本部に電話する。

アルジュナ：以上ですか、巡査部長？
ラワナ：以上だ。ああそうだ、忘れていた。2 時半に電話がかかってくることになっている。電話が鳴ったら、俺を呼ぶんだ。電話に出てはならん。いいか、わかっただろうな？
アルジュナ：確かにわかりました、巡査部長。
　（ラワナはマイクの椅子に座り、日誌を広げざっと目を通すとそれを閉じて、椅子を後ろに引き、机に足を置く。）
ラワナ：座りたまえアルジュナ。（アルジュナが座る。）さて、ストライキについて聞こうか。
アルジュナ：申し上げたとおりです、巡査部長。バスは運行を止め、すべての運輸関係の労働者がストライキに入っています。一人残らずです。彼らには勢いがあり、よくまとまっています。
ラワナ：勢いがあるだと。どういうことだ。
アルジュナ：（少し言い過ぎたことに気づいて）そうですね、正確にはそれほど勢いづいているわけではありません。ただよくまとまっていると言いたかったのです。
ラワナ：だが何だってまたストライキなんかを？
アルジュナ：見当もつきません、巡査部長。
ラワナ：君はたった今、言ってたよな…
アルジュナ：私は聞いたことを繰り返しただけです。本当のところは誰にもわかりません。
ラワナ：労働者のやつらに一体何が起こっているのだ？ 奴らは分不相応に成り上がっている。正当な一日の仕事をする代わりに政治家気取りでふんぞり返っていやがる。この国は堕落

の一途をたどっている。だがある意味では結局奴らが正しいのかもしれんな。君はどう思う？
アルジュナ：（ラワナの言わんとすることを必ずしも理解していない。）はい！
ラワナ：奴らは正しい。君が言ったように奴らはよくまとまっている。奴らは政府に対して自分たちの持っている力を使っている。奴らは刑務所をカラにして罪人を社会に解き放ちたいんだ。そうだろアルジュナ？
アルジュナ：巡査部長、私は命令に従うだけです。私にははっきりとした考えはありません。
ラワナ：おいおい、アルジュナ、正直に言えよ、俺を信用しろ。
アルジュナ：そろそろ囚人を監視に行く時間です。
ラワナ：急ぐことはない。君が来る前に俺が見てきたところだ。万事順調だ。きっとや̇つ̇はまだぐっすり寝ているよ。や̇つ̇は一日中寝ているんだ。まったくいいご身分だな！
アルジュナ：私が来てからもう 15 分以上経っています。
ラワナ：かまうもんか。万事順調と記録しておけ。
アルジュナ：彼がハンストを始めたのは本当ですか？
ラワナ：本当だ、しかしや̇つ̇は俺の知らないところでひそかに何かを口にしているかもしれんしな。どちらにしても向こう見ずなや̇つ̇のために一生懸命働くこともあるまい。（タバコに火をつける。）
アルジュナ：了解です、巡査部長。（彼は日誌に記入する。巡査部長を見上げ、日誌を閉じ、書類鞄を開け、本を取り出し読み始める。）

ラワナ：なあ、君は言われたとおりにやるからどんどん出世するだろうよ。何を読んでいるんだ？ どれどれ、見せてみろ。ほう、驚いた！『理想の農場』だって！ すごいなぁ。いや、感心した。警察の中にインテリがいるなんてなぁ。そいつが分厚い本を読みなさるとは！ 警察長官候補生殿、警察の将来にいかなる輝かしい計画がおありで？ 警官全員に鍬で武装させろ、ですか。（ばか笑いする。アルジュナは恥ずかしそうに、しかし、腹立たしげにするが何も答えない。）

アルジュナ、君はばかだ。食って飲んで陽気にやれ。本なんてくそ食らえ。（本を机に放り投げる。）俺たちがまた会うことがあれば、その時は俺が成功の秘訣を伝授してやろう。

アルジュナ：（イライラして）私は野心家ではありません。今のままの私で充分です。

ラワナ：信じられん。君のように聡明な若者が人生に何の野心もないとは！ なんと嘆かわしい！（彼は受話器を取る。）もしもし、こちらは拘置所のラワナ巡査です。万事うまくいっています。どちらさんで？ ああ、貴方ですか。事態はどうですか？ 明日のレース … わかりました … いい情報を手に入れたんで？ 信頼できる筋からで！ … はい、はい、どうぞ、馬の話ですね、五分五分です。（受話器を突然置いて）畜生！ 電話が盗聴されている。俺たちは囚人を見張ってるのに。あいつらは俺たちを監視している。（読書をしているアルジュナの方を向く。）それで若いの、もし出世に魅力を感じないなら、人生に何を望んでいるのか聞かせてくれないか。

アルジュナ：（当惑して）ちょっとしたお金を貯めて、小さな農場を買って。

ラワナ：小さな農場、それから大きな農場だろう。そしていつの日か大きな財をなしてなあ。俺が退職したら職をもらいに君を訪ねていくよ。どんな職でもいいぞ。

アルジュナ：金持ちになんかなりたくありません。好きなことをしたいだけです。自立したいんです。

ラワナ：自立だって！　くそったれ！　もし君が自立を望んでいるならどうして警察なんかに入ったんだ？　ああ！　忘れていた。金が必要なんだ。いいか、坊や、自立なんてものはないんだ。人生にはえらい奴らとどうでもいい奴らがいる。えらい奴らは命令を出し、どうでもいい奴らは言われたとおりにするのさ。その代わりそいつらは保護してもらえるってわけだ。本なんか捨てろ。焼いてしまえ。俺の言うことを聞け。俺こそが手本だ。俺の名は経験さ。俺を見ろ。今では巡査部長さ。この一週間が最大の山場だ、俺は警部になるだろうよ。どうしてかわかるか？　俺は上司の言うとおりにするからだ。上司の望みは命令なんだ。いいか、坊や、こんな本は君の精神を堕落させる。（彼は満足げに笑い、立ち上がり戸棚を開けリボルバーを取り出しそれを弄ぶ。）こいつを見ろ。未来はこの銃の銃身に託されている。

アルジュナ：（困惑して）未来ですって！

ラワナ：いつか説明してやるさ。（彼はリボルバーを机に置いたまま、戸棚から酒瓶を取り出し、2口飲み、咳払いをする。）ああ！　本当にすげえ！　こんなの世界に2つとないね。俺は

百獣の王になった気分だ！ 君も欲しいか？ いらない、だと？ こんな旨いものの味も確かめないなんてなぁ。ああ、そうか、忘れてた。君は酒も飲まず、タバコも吸わず、ちっぽけな農場を買うためにお金を貯めてるんだったな。

アルジュナ：いいえ、巡査部長。それは誤解です。勤務中の飲酒は禁じられているのです。

ラワナ：（怒って）それがどうした！ 坊や、俺はここの責任者だ。俺が飲めといっているんだ。

アルジュナ：いいえ、結構です巡査部長。酒を飲みたい気分ではありません。

ラワナ：アルジュナ巡査、これは命令だ。（ラワナはアルジュナを睨む。緊迫した僅かな沈黙の後、ラワナは笑う...）わかった、わかった、慌てるな、気楽にいこう。

（一瞬の沈黙。アルジュナは立ち上がり、一言も言わずに左手のドアに向かって歩き、出て行く。）

場面 4

（ラワナは一人残される。彼は手拭で顔と首を拭く。汗をかいている。酒瓶から酒を飲む。ほろ酔い気分に見える。劇が終わるまで時々勝手に酒を飲んでいる。その話し振りは早口で不明瞭になり更に野蛮で攻撃的になっていく。）

ラワナ：勤務中、酒は禁止だと ... 俺に命令できる奴はいやしない ... 俺さまがここの上司だ ... 農場だって ... 警察はくそガ

キにゃ充分じゃあないだと … 自立 … 講釈ばかりたれおって … あいつは自分を隣の奴よりましだと思ってやがる—くそ知識人め。（アルジュナの本を取り上げうんざりしたように机に放り投げる。）人生お気軽に過ごした青二才のひとり。あいつらは貧しさってものをわかっちゃいない。あいつらは仕事にありつくためにぺこぺこ頭を下げるってことがどんなことかわかっちゃいない。自立だと！ 俺があいつの自由のために、自立のために戦ってケツを打ち落とされているっていう時に、あいつは安全な家の中でカーボーイやインディアンごっこさ。そして今じゃ俺さまに自立について講釈する。何てこった！ 俺はこんな間抜け野郎のために命を危険にさらしたかと思うと！ 一体何人殺らなきゃならんかったか … 自由だと … 俺たちはあいつらを甘やかし過ぎた。（酒を飲む。）… アルジュナ、何をしてる？ 自立だあ！ … 自由だあ！ 上等だ … 大きな犠牲、血なまぐさい … はいだんな、いいえだんな … そして今じゃもうちょいのところまで来てる（リボルバーを手に取り、撫でる。）あいつらは自由についてべらべら喋る … 俺は欲しいものを手にするためにどんなことだってするさ。（慎重にリボルバーを机に置く）… アルジュナ！ アルジュナ！

場面 5

アルジュナ：はい巡査部長。

ラワナ：お前は一体何をしていたんだ？ お前は囚人と接触する

ことが許されていないことを知らんのか？ もし俺がお前の
　　　ことを報告すれば、お前はこっぴどく注意されるだろう
　　　よ ... お前は運がいい、俺さまがいい奴だからな。
アルジュナ： 彼はとても体調が悪いのです。
ラワナ： やつの体調がとても悪いだと！ 自業自得だ！ 俺はやつ
　　　に食事をするなと頼んでいるわけではないぞ。どのみち、や
　　　つの健康状態はお前には関係のないことだ。医者が診ること
　　　でお前じゃない。すべて順調と書いておけ。
アルジュナ： そんなことはできません。すぐに医者を呼ぶべき
　　　です。
ラワナ： アルジュナ巡査。俺はお前に全て順調だと記録しろっ
　　　て命じたんだ。
アルジュナ： わかりました。（アルジュナはテーブルにつき、記
　　　録簿を広げる。ラワナを見て、そして記帳する。）
ラワナ： すまんなアルジュナ、カッとしてしまって。疲れて、
　　　イライラしているんだ。そんなつもりじゃなかった。わかっ
　　　てくれ。俺はお前ぐらいの頃には、妻と２人の子供の面倒
　　　を見なけりゃならんかった。金も仕事もなかった。俺はこぶ
　　　しが血で染まるまでドアを叩き歩いたさ。無駄骨さ。親は俺
　　　を早くに結婚させ、知らんぷりだ。あいつらは俺を怠け者だ
　　　と言った。戦争が始まると軍に入った。妻と子供たちを置い
　　　ていかなければならなかった。何てこった、俺は家族を養う
　　　ために殺しだって、なんだってしたさ。俺はこの胸に誓った
　　　よ、二度と貧しくはならないとな。人生は短いんだ。せっか
　　　くの人生を目一杯楽しまなくては。俺は決めたんだ。自分の

利益を優先するとな。後のことは知ったこっちゃない。俺が打ちのめされた時に誰も助けてくれなかった。それどころか、周りは俺をよけい落ち込ませようと躍起になった。みんな獣の世界に生きる犬畜生だ。俺の邪魔をするものは叩き潰す。わかったか？

アルジュナ：聞いています、巡査部長。（彼は日誌の記帳を済ませる。）

ラワナ：日誌は放って置け。お前は貧しさを経験したことがないだろう、アルジュナ？

アルジュナ：私は囚人のことを考えているのです、部長。今、私たちが何とかしなければ手遅れになりますよ。

ラワナ：だからどうした！（嫌味な笑い方をする。）やつのことは忘れろ。やつはどうでもいい。だが俺たちは大事だ。俺たちは要人だ。半神半人さ。俺たちはある人間の生と死を手中にしている。お前には力が漲り陶酔する感覚がないのか？　そうさ、戦争中みたいにな。敵を見つける…そいつはそこにいる…銃を構え…狙いを定め…敵の頭蓋骨が照準器の真中に収まって…指が引き金にかかり…ちょいと力を入れると…バン！　そいつの頭蓋骨は吹っ飛び、脳みそがそこら中にさ、スパゲッティのトマトソースみてえにな。

アルジュナ：私たちは戦争をしているわけではありません、巡査部長。

ラワナ：戦争じゃあないだと！　一体お前は戦争の何を知っているっていうんだ？　お前にとって人生は長いガーデン・パーティなんだろ。戦争は決して終わらんさ。人生は戦場で、そ

こじゃあ権力を持つ者が正しいんだ。いいか、鉄則はな、一番兵力のある方につくことさ。そうしなきゃ死ぬだけだ。俺の忠告をよく聞け。俺には確信がある。俺はこういった駆け引きの場に長いこといたんだ。や̇つ̇のことは忘れろ。一体何だってお前は気にするんだ？ お前の知り合いか？

アルジュナ：いいえ巡査部長。しかし彼は人間です。

ラワナ：だから何だ！（酒瓶から酒を飲む。）本当に飲まんのか？ いや。かえって好都合だ。そっちの方が俺のためになる。2人分は残ってないしな。や̇つ̇は俺にとって邪魔者だ … 人間であろうとなかろうと、や̇つ̇は敵だ。

アルジュナ：彼は敵ではありません巡査部長。彼は危害を加えたりしていませんよ。

ラワナ：若造め。お前はわかっちゃいない。いいか能天気な坊や。もしお前が俺の忠告に従って、俺のいう通りにすれば、週が終わるまでには農場が持てるさ。だが俺にはお前が信用できるかどうかわからん。お前の農場は俺の手の中にある。従うと言えば、そいつはお前のものだ。

アルジュナ：どういうことですか？

ラワナ：教訓その1：質問するな。

　　　　教訓その2：どんなことがあっても上司を信じろ、上司が一番良く知っているんだからな。面白いなあ！ お前はまさに打って付けに見える。お前の農場は俺の手の中だ、俺のな。さあどうする？ 従うのか、従わないのか？

アルジュナ：しかしどうやってですか？

ラワナ：ああ！ 質問をするな、だろ。

アルジュナ：どんなことに巻き込まれるのかわからなければ、従いようがありません。

ラワナ：（ラワナは満足げに笑う。）
　　　　教訓その２：信じろだ、坊や、信じろ。

アルジュナ：考えさせてください。

ラワナ：いや、考える必要なんかない。
　　　　教訓その３：従えだ、坊や、従うのみだ。

アルジュナ：いいえ、従うことはできません。

ラワナ：なら、農場におさらばするまでさ…しかしお前は必ず考え直すだろうよ…俺にはわかるさ。俺はお前が気に入っている。お前はばかじゃない。じっくり考え直せ、そうすりゃきっと自分にとって何が得かわかるってもんさ。

アルジュナ：（勇敢に）今私にとって大切なのは任務を果たすことです。

ラワナ：よく言った。

アルジュナ：よい仕事がしたいのです。

ラワナ：俺の言う通りにしろ。

アルジュナ：規則通りにします。

ラワナ：（クスクス笑いながら）お前はまだまだ学ぶべきことが多いな。いいだろう、俺たちは規則に従うとする。でお前の考えとやらでは俺たちはどうすべきなんだ？

アルジュナ：私たちは囚人の具合がとても悪いことを当局に知らせ、医者を派遣してもらうよう要請すべきです。

ラワナ：お前はやつに医者に診てもらいたいか聞いたのか？

アルジュナ：いいえ、しかし…

ラワナ：口ごたえはならん、能天気な坊や。じゃあ医者を呼ぶとして、もし囚人が医者に診てもらうのを拒んだら？ 俺たちは馬鹿みたいだろ？

アルジュナ：しかし…

ラワナ：とにかく俺の言葉を信じろ。俺はすべて分かっている。（もう一口酒を飲む。）結局奴が生きていようが死のうが知ったことじゃあねえ。や･つ･はどうしようもない厄介者だ。

アルジュナ：巡査部長！

ラワナ：何だ？

アルジュナ：何でもありません。

ラワナ：（ゲップをする。）はっきり言えよ、おい。突然噛み付いたりしないからさ。

アルジュナ：私たちは彼を監視するためにここにいるのであって、彼を裁くためにいるわけではありません。

ラワナ：俺はや･つ･を裁き、有罪であると判決を下した。や･つ･は邪魔なんだ。その償いをさせるぞ。

アルジュナ：邪魔ですって！

ラワナ：そうだ、畜生！ や･つ･は大変な厄介者だ。今日俺は非番なんだがや･つ･のせいでここにいるんだ。まあいいさ、どんな悪いことでもいい事はあるさ…や･つ･のお陰でそいつが手に入りそうだ…

アルジュナ：何がですか？

ラワナ：お前は質問が多すぎる。（電話のところに歩いて行き受話器を取る。）もしもし、もしもし。もしもーし。どうしたんだ？ 誰も電話に出ないぞ。もしもーし。ああ！ どうなっ

てるんだ？　もう 5 分も連絡を取ろうとしていたんだが。全てうまくいってる … 何だって？　特別な話し合いだと？　何故だ？… わかった。忘れるなよ、連絡しろよ。おい！　お前もうその馬に賭けたか？　だがお前が言ったんだろ、奴が銀行屋だって。（電話機を置き、再び受話器を取ろうとして躊躇い、考え直す。アルジュナに向かって）外で何か問題があるらしい。

アルジュナ：誰か邪魔が入ったんですか？

ラワナ：ふーむ！（彼は笑う。）冗談を言おうとしてるのか？（ドアをノックする音がする。ラワナは時計をちらっと見て微笑み、アルジュナの方を向く。）行って報告すべきことがあるか確かめて来い。

（アルジュナは左のドアから退場。）

場面 6

（ラワナは右のドアを開ける。アンジェラが入ってくる。彼女は 30 歳位できちんとした身なり。）

ラワナ：誰にも見られずに入ってきただろうな？

アンジェラ：いつものように用心したわ。ふー … お酒の臭いがしてるわよ。昼間から。ひどいわね。

ラワナ：おまえが居ないと寂しいからさ、愛しい人よ。こっちへ来てキスしてくれ。（アンジェラは彼の頬にキスをする。）なんだよ、おまえ、もっと情熱的にできるだろ。

アンジェラ：後でね。そんなに焦らないで。

ラワナ：人生は短いんだ。

アンジェラ：あなたの。あなたは少なくとも 100 歳まで生きる
わよ。彼はまだハンストをしているの？

ラワナ：何だってんだ！ おまえは俺に会いに来たんだと思って
いたよ。だが違ったな。ご婦人はやつの健康伺いに来たんだ
とさ。

アンジェラ：ただの好奇心よ。あなたが怒るなら私帰った方が
いいわね。喧嘩はやめましょう。もうこれ以上耐えられない
わ。

ラワナ：おまえがそう思っているなら出て行ってもいいぞ。（ア
ンジェラは驚いた様子をみせる。）おまえはやつに会いたい
のか？

アンジェラ：いいえ。忘れてちょうだい。

ラワナ：座れよ。一杯どうだ？

アンジェラ：いいえ、結構よ。

ラワナ：ああ！ ご婦人はご機嫌がよろしくない。ご婦人はもう
すっかり真面目人間に変わってしまった。よせよ、あばずれ
女！ 俺に気取った態度をするな。どうしたってんだい？（ア
ンジェラは腰掛け、答えない。）どうした？

アンジェラ：何でもないわ … もうこれ以上わからない。

ラワナ：何がわからないんだ？

アンジェラ：今日は他の日とは違うの。身の毛のよだつような
何かがあるのよ。何か不吉なことがね。

ラワナ：くそ食らえ。心配することなんかない。実は、今日は

俺にとって大切な日になるかもしれん。万事うまくいけば俺たちにゃ特別な日になるってことさ、おまえ。俺は大物になるだろう。そして、おまえは女王さまのように暮らすさ、ダイヤモンドにしゃれた服、すてきな車だ ... 何でもお望みのまま ... 俺を信じろ。信用 ... か、そんなものは今じゃあ売春宿の処女と同じくらいに稀なこった。

アンジェラ：マイクはどこなの？

ラワナ：奴は女の所に行ってる。

アンジェラ：あなた一人なの？

ラワナ：いや、マイクの代わりの奴がいる。そいつは万事うまくいっているかを調べているところさ。

アンジェラ：それは誰なの？ 私の知っている人？

ラワナ：落ち着けよ。噛み付いたりしないさ。単に中途半端なたわごとを言うインテリの一人さ。本の読み過ぎだ。

アンジェラ：外でストライキが起こってるってこと、知ってるの？

ラワナ：ああ。労働者の連中がやつを拘置所から出せと要求してるっていうじゃないか。

アンジェラ：私もそう聞いたわ。彼を釈放すべきだと思わない？ 彼が何をしたの？ どんな罪を犯したの？

ラワナ：やつのしたことなど俺の知ったことか。俺は自分の仕事をしているんだ。命令に従ってな。それだけだ。

アンジェラ：彼は20日も食べていないのよ。彼はよっぽど調子が悪いはずよ。彼はどうなってしまうのかしら。

ラワナ：彼、彼、彼！ 最近聞くのはやつのことばかり。やつは

今では大いなる注目の的ってわけだ。みんなやつのことを話している。おまえまでもな。だが俺は、俺のことはどうなんだ、あばずれめ。忘れるなよ、おまえとおまえのガキの面倒を見るのはこの俺だってことをな！

アンジェラ：あなたにそんな口の利き方はさせないわ。

ラワナ：チッ、チッ、チッ！ 俺にそんな言い方はさせんだとぉ！ おまえが手にしているのはみんな俺がやったものなのにそんな言い方をさせんだとぉ！ 一体何様のつもりだ。覚えておけ、俺がおまえらをどん底の生活から救ってやったんだから、また元の生活に戻してやることもできるってことをな... 俺にそんな言い方はさせんだとぉ！ おまえみたいな女なんかごろごろしてるんだ。金があれば町でどんな売春婦でも手に入る。（彼女のもとへ行き、腰を抱き寄せる。）

アンジェラ：触らないで！

ラワナ：（彼女の言葉に続けて）触らないでだと？ おまえは何様でもない。何も持っちゃいない、おまえの下着でさえな。はっきりさせておく。おまえは俺の所有物だ。俺はおまえを好きにできるのさ。

アンジェラ：私に触れてごらん、叫ぶわよ。ドアを開けて。ここから出して。

ラワナ：おいおい、鍵は俺が持っているさ...（彼女をなだめようとして）アンジェラ、勝気な女、おまえは怒るときれいだよ。ゾクゾクするねえ。よし、もうゲームは終わりだ。仲直りしよう。

(アルジュナは右手のドア口に立ち言い争いの最初から彼らの様子を見ている。アンジェラは背を左手のドアに向けている。)

場面 7

(アルジュナは彼らの注意を引こうと咳をする。アンジェラとラワナは同時に振り返る。アルジュナは、ぽかんと口を開けてアンジェラを見る。彼女は当惑し、彼の視線を避ける。アルジュナは机に向かって歩き腰をかけ、記録をしようと記録簿を開ける。彼はラワナを憎しみに燃える目で見、そして記録し始める。)

ラワナ: 全て順調だな、アルジュナ？ ああ、紹介するのを忘れていたよ。アンジェラ、こちらが我らが若きインテリ、未来の農業大臣さ。(彼は冷ややかに笑う。)(アンジェラはアルジュナの視線を避ける。)お前ら2人、どうしたんだ？ お前、恥ずかしいのか？ わかるだろアンジェラ、我らがこの天才は女性が苦手だそうだ。やつはどうだ？ 大丈夫か？

アルジュナ: (皮肉を込めて)彼は大丈夫です。(記録をする。)

アンジェラ: もう行かなきゃ。

ラワナ: 何を急いでいるんだ？ アルジュナ、このご婦人はやつが大丈夫か知りたいそうだ。俺は元気だと言ったんだが信じてくれなくてな。

アルジュナ: 彼は衰弱しきってひどい状態で、医者を必要としています。(ラワナを見る。)

ラワナ: 何故大げさに言うんだ？ (アンジェラとアルジュナは

彼をきっと睨む。）わかった、俺が行って自分の目で確かめてこよう。（左手のドアから退場。）

場面8

アルジュナ：あなたが！…ここに…あいつと！

アンジェラ：あなたが気に病む理由があって？

アルジュナ：僕が何故気にするかですって？ あなたは私の義理の姉ですよ、アンジェラ。お姉さん。私の兄さんの妻です。

アンジェラ：ええ、そうね。自分だけでその理由を突き止めたってわけね。素晴しいじゃない。でも少し遅すぎたわ、そうでしょ？

アルジュナ：遅すぎたって？ どういう意味ですか、アンジェラ。

アンジェラ：よくお分かりでしょう。あなたとあなたの家族はずっと私たちの結婚に反対してきたわ。あなたは私がお兄さんの妻には相応しくないと思っていたでしょ。私は同じコミュニティ[3]に属していなかったから。

アルジュナ：それは違う、そうじゃないことくらいわかるでしょう。

アンジェラ：あなた方はあらゆることをして夫を私と赤ん坊から離そうとした。

アルジュナ：しかし…

アンジェラ：そのことはもう話したくないわ。でもね、もしあ

---

[3] モーリシャスのコミュニティ区分については第I部参照。

なたが本当のことを知りたいなら、少しだけ教えてあげるわ。

アルジュナ：アンジェラ、ラワナがすぐに戻って来るかもしれない。

アンジェラ：何を気にすることがあって？ 隠すことは何もないわ…あなたも知っての通りお兄さんは根っから逆らえるような人ではなかったの、特にご両親に対してはね。彼は楽な方を選んだのよ。彼は私たちを見捨てたの。でも、もしあなたが彼の味方についてくれていたら、私たちは結婚を守ることができたでしょうね。でもあなたはどちらにもつかなかった。それは私たちに反対するのと同じことだったのよ。あなたの両親と同罪だわ。あなたには何か手を打つことができたでしょうに。でも何もしなかった。今になってあなたが心配しているって信じてほしいですって。遅すぎたわ、かわいいジュナ君、もう手遅れよ。

アルジュナ：しかし、よりによって彼なんかと一緒にいなくても、アンジェラ。彼は人間じゃない、獣だ。

アンジェラ：そうよ、ジュナ。でもね、その獣は私たちがお腹を空かせていた時、食べ物をくれたのよ。この獣がもう 3 ヶ月もあなたの甥の面倒を見てくれているのよ。私たちに助けが必要な時、あなたはどこにいたの？ 今更手遅れなのに、のこのこ現れて私たちに説教するなんて。

アルジュナ：姉さんは幸せ？

アンジェラ：幸せですって！ あなたはまだ子供ね、アルジュナ。彼は正しいわ。

アルジュナ：誰が正しいですって？
アンジェラ：あなたたちの危険な囚人よ。彼は、人は自由でない限り幸せにはなれないと言ってるわ。でも、女性に一体どんな自由があるっていうの？ ここは男の世界で、男たちが自分たちのいいように女たちを利用しているわ。でも、そんなことは永久に続きっこないわ。彼は真実を言い続けているのよ。だから彼は監禁されているのよ。そしてあなたは、あなたときたら、そんな彼のことを監視しているのね、ちょうどあなたの両親の家で私を囚人として監視したようにね。
アルジュナ：シー！ 彼が戻ってきた。
アンジェラ：（冷ややかに笑いながら）シー！ あなたの上司が来るわ。
アルジュナ：（むっとして）あなたの愛人、あなたの財布がね。
アンジェラ：ずっとじゃないわ。

場面 9

ラワナ：（ドアのところから）俺が言った通り、お前はいつだって大げさだ。俺にはやつは正常に見える。少し体調が崩れている程度だ。そんなのは普通だ、だってやつは20日間食べちゃいないんだから。それ以外に何の問題もない。俺はやつに医者に診てもらいたいかと尋ねた。やつは断った。（アルジュナは答えず、首を少し傾げ、ラワナを見る。）
ラワナ：やつはラバみてえに頑固だ！ お前はやつから面倒な問題だけ得ているんだな。刑務所の中でさえ、やつは厄介もん

だ。アルジュナ、日誌に書いておけ。俺がや̇つ̇を見た、や̇つ̇
　は少し弱っている、や̇つ̇は医者に診てもらうことを拒んだ、
　とな。いいか？

アルジュナ：（抗議しようとして）巡査部長！

ラワナ：そう記録しろ ... なんだ、何か文句があるのか？

アルジュナ：いいえ何も。

ラワナ：よし、それでいい。アルジュナは納得し、アンジェラ
　も機嫌がよく ... お前ら2人ともや̇つ̇のことをえらく尊敬し
　ているようだからな。や̇つ̇の何がそんなに特別なんだ？ 誰
　も俺のことは気に入ってくれん。だが、俺はそんなに悪党
　じゃない。そう思わんか、アンジェラ？（アンジェラは答え
　ない。）

　アンジェラ、俺がおまえに話しかけたら返事をしてもらいた
　いな。忘れるな、おまえは女だ。巡査部長にとって、女も平
　警官も違いはない。あるとしたら平警官は女より一ランク上
　だ。男だからな。

アルジュナ：（話題を変えたいと思いながら）彼̇は正確には何と
　あなたに言ったのですか？

ラワナ：誰がだ？

アルジュナ：彼̇がです。

ラワナ：彼̇。

アルジュナ：そうです、彼̇です。あなたの危険な囚人です。

ラワナ：俺たちの囚人だ、アルジュナ、俺たちの。前にもはっ
　きりさせただろう。何度同じことを言わせるんだ？

アルジュナ：彼̇は私にそんなことは言いませんでした。彼は医

者に診てもらいたいのです。

ラワナ：お前は俺を嘘つきだと言うのかね？…（笑う。）お前は幸せだ、俺がいい奴で。俺はお前のことを上に報告せんからな。だがこれが最後のチャンスだ…いいや俺はお前を責められん。やつのやりそうなこった、お前にはあることを言い、俺には別のことを言う。お前にはわからんか、やつが俺たちを争わせようとしていることが？　やつはお前が若くて未熟だとわかっている。やつはお前の同情を誘うような芝居をしてるんだ。やつはお前に俺のことを嘘つきだと信じ込ませたいんだ…やつは俺たちを争わせて、仲違いさせたいんだ。お前のことは許してやるさ、お前はまだ若いからな…さあ今ならわかるだろ、お前は俺の言うことを聞こうとしなかった…これからはやつを俺以外の誰にも会わせない…話もさせん。やつは危険だ。

アルジュナ：危険ですって！

ラワナ：ああ、危険だ。お前にもアンジェラにもな…もう十分俺たちの間に厄介極まる問題を起こしたじゃないか。俺にとっても…この国にとっても危険だ。そんなやつは生きるに値しない。俺たちが軍にいたら俺はとっくにやつを殺ってる…バンバンってな…だがここは、俺たちが手にしているのは民主主義なんかじゃない、民衆狂いだ…だからこの国は腐っちまう。大衆は指導者に従わず、警官は巡査部長に従わず、女どもは男たちに従わず…狂ってる。一人の狂ったやつ、そいつがこの駄目な国を引っ掻き回し狂った国にしてやがる。おまえはどう思う、アンジェラ？（アンジェラは

答えない。)
アルジュナ：みんながあなたのようでなくてよかった、巡査部長。そうでなければ…
ラワナ：くだらん…いいか、教えてやる。もしみんな俺のようなら、この国のすべてのことが時計仕掛けのように正確に動くさ……もう一つ教えてやろう、上司に逆らうな。それが教訓その4だ。(ラワナが話している間、アルジュナは時折、記録を取っていた。)アルジュナ。
アルジュナ：はい巡査部長。
ラワナ：お前ら2人なんだか妙な感じだ？ こいつが俺の居ないところでおまえに言い寄ったのか、アンジェラ？
アルジュナ：巡査部長！
アンジェラ：もう行かなくっちゃ。
ラワナ：(冷ややかに笑う。)悪いことではないだろう？…口説こうとする男を責めることはできん…それが人生ってもんさ…何時だ？(時計を見る。)2時！ もうこんな時間だ。
アンジェラ：ドアを開けて。もう行かないと。
ラワナ：かしこまりました、お姫様、あなたの願いは私にとって命令ですから。(彼らはドアに向かって歩いて行く。)いつ会える？
アンジェラ：わからないわ。
ラワナ：キスしてくれ。(彼女にキスをしようとする。)
アンジェラ：(彼を突き放す。)ほっといて！(ラワナは当惑した表情でアンジェラを目で追う。)

場面 10

ラワナ：2時だ。本部に電話しなくては。（受話器を取る。）もしもし、もしもし、… はい、こちらラワナ、拘置所です。もしもし … もっと大きな声でお願いします、よく聞こえません。はい、我々はや︒つ︒をしっかり監視してます … 少し弱ってます … まだ食べようとしません … 他は全て順調です … はい … 失礼 … ご心配にはおよびません。（受話器を置く。）一体何が起きたんだ？ 電話に出るなんて。や︒つ︒の健康を気にするなんて。何故や︒つ︒が突然そんなに大切になったんだ？ … ストライキだ、彼らは臆病風に吹かれてるんだ … そうだストライキに違いない、彼らは怖気づいてるんだ。安全に立ち回ろうとしているんだ。だがそんなことは俺には通用しない。俺は上司から命令を受けているんだ、こんな臆病者の奴らからじゃあねえ。彼は真相を知っている。彼が言うことはつまり … アルジュナ、忠実な部下よ。俺たちは権力と栄光か、さもなくば死をもたらすような何か重大事の真っ只中にいるんだ … そうだ、アルジュナ、お前もどちらかを選べ。お前は、今ここで、歴史を築き、その上自分も利益を得るか、さもなくば、馬鹿なのけ者のために身を滅ぼすか … 俺につくか、背くかどちらかだ。従うと言え、そうすれば農場はお前のものだ。

アルジュナ：6フィートに4フィートくらいのですか。

ラワナ：お前は頭のいい奴だ、その頭を使え。（ふんぞり返って歩く。）

アルジュナ：座ってください、巡査部長。

ラワナ：（時計を見る。）2時10分過ぎだ。マイクは何処だ？ 俺は奴に2時に戻れと命じたのに。計画は2時半だというのに。「はい、巡査部長、俺を当てにしてください」だと。畜生、もうここに戻っているはずの時間だ！ 軍なら軍法会議ものだ！ 俺は今まで奴に甘過ぎた。俺は奴をかばってきた。それがこのざまだ、これが奴の恩返しか。（ノックの音。）ああ！ 奴だ。（急いでドアを開ける。）…おー、お前か…マイクは何処だ？

場面11

（ピエールがマグを持って入ってくる。彼は警察に係員として勤務している。35歳くらいである。）

ピエール：わかりません、巡査部長。

ラワナ：ここで何をしているんだ？

ピエール：（ラワナを見て酔っていることに気づく。）いつものように彼にお茶を持ってきました。

ラワナ：何のために？ 知ってるだろ、やつはハンスト中だぞ。

ピエール：私に聞かないで下さい。命令なんです。ハンストであろうとなかろうと、毎日彼に何か食べ物と飲み物を運ばなければならないのです。

ラワナ：わかった、わかった。やつに茶を出せ。そしたらここから出て行け…アルジュナ巡査、俺は気晴らしに外の空気

を吸いに行く。お前に任せる。俺の命令を忘れるな。(右手のドアから退場。)

アルジュナ：(ほっとして) はい部長。

場面 12

アルジュナ：彼はいつもこんな感じなのか？

ピエール：旦那はここに来るのは初めてで？

アルジュナ：そうだ、そして最後にしたいものだ。

ピエール：(彼を見る。) お茶はどうしますか？

アルジュナ：君の名前は？

ピエール：ピエールですが。何故お尋ねで？

アルジュナ：記録のためだ。

ピエール：わかりました。

アルジュナ：私が自分で彼にお茶を出したほうがよさそうだ。さもなくば、部長殿が許さないだろう。彼はたった今、誰も囚人に会わせるなと命じたのだ。そうなんだ。巡査部長がこだわるのは「命令は絶対だ」というところなんだ！

ピエール：(躊躇いながら。) 旦那。

アルジュナ：ああ、何だ？

ピエール：彼は大丈夫なのですか？

アルジュナ：いいや、大丈夫ではない…巡査部長は決して医者を呼ぶつもりはない。3時に交替する人たちがもっと人道的であることを祈ろう。

ピエール：もっと人道的ですって！ とんでもない。特殊任務に

つく人だけがここに送られてくるのです。

アルジュナ：彼を知っているのか？

ピエール：少し ... 何故です？

アルジュナ：そうだな ... 私は一度だけ集会で彼の話を聞いたことがある。私は彼の言っていることがよく理解できなかった。政治は私の管轄外だ。しかし、男も女も、労働者、貧乏人、群衆みなが彼の話を、まるで予言者か何かのように聞いていたんだ。

ピエール：予言者ですって？

アルジュナ：まるで彼の言葉が真実であるかのように大衆の心に真っ直ぐに向かっていった。誰もがずっと感じていたが、誰もそんな風に明らかにしなかった真実。

ピエール：そうなんです、それこそが彼が人に与える貴重なものなのです。私は彼の話を聞くことが好きでした。

アルジュナ：私はついさっき彼と少し話をした。彼はとても弱っているがどうにか微笑むことはできた。彼は全てを知っている。巡査部長のことも。だが彼は巡査部長のことを責めることすらしない。

ピエール：何故彼が？ 巡査部長は命令に従っているだけです。部長もまた犠牲者なんです。自分がしていることがわかってないんです。

アルジュナ：そうだ、彼も同じことを言った。

ピエール：彼もですか？

アルジュナ：お茶が冷めてしまう。

ピエール：そんなことはどうでもいいんです。どうせ彼は飲み

ませんから。

アルジュナ：彼が最後に食事を口にしてから何日たつんだ？

ピエール：もう20日になります。一日一杯の水、それだけです。

アルジュナ：何故彼はそんなことをするんだ。

ピエール：それが彼の戦い方なんです。彼は最後の武器を使っているんです。命という。

アルジュナ：私はハンストを止めさせようと話してみたのだ。だが彼は決して意志を変えようとはしなかった。

ピエール：誰も彼を止めることはできません。私も努力したのですが。

アルジュナ：君は彼を知っているのだな。彼のことを教えてくれ。心配するな。私は特殊機関の者ではない。一般の警察からだ。全てが怪しい。

ピエール：気をつけてください、旦那！ ここでは「壁に耳あり」ですよ。

アルジュナ：私はどちらの側にもついていない。ただ知りたいのだ。

ピエール：いいですか、世の中に彼ほど正直で誠実でやさしい人はいません。彼は貧しき者たちとともに生き、彼らのために戦うことを選んだのです。だから彼は危険なんです。奴隷たちには足枷から逃れる手段を教え、国民には苦しみの原因を、そして自分たちの権利のためにどのように戦うのかを説いたんです。だから弱き者は強くなり ... 彼は言い続けている。もし我々が正義を欲するなら、自分たちを犠牲にしなければならないと ... そして彼は今自分の命を犠牲にしている

のです。

アルジュナ：君は彼を英雄だと思っているんだね、ピエール？

ピエール：ええ、そうです。私は決して彼を見捨てません。

アルジュナ：だが君の仕事は一体どうなるのだ、ピエール？　仕事をなくすかもしれんぞ。

ピエール：私の仕事ですか？　ある日、彼は私にこう言ったんです。「自分たちのことだけを考えるのをやめ、他のことを思いやらなければならない。もし誰もが他人のことを先に考えたら、我々はこの世に楽園を築くことができる」と。私の仕事は重要です。だってニュースを伝えたり、労働者たちへ彼からのアドバイスを伝えたりして彼を手伝うことができるのですからね。

アルジュナ：つまりバスやタクシーの運転手たちのことだね？（ピエールは答えない。）ピエール、この件に関して君の役目は正確には何なのだ？（答えない。）何故彼をここから出そうとしないのだ？

ピエール：機会があればこう伝えるために私は来ているのです。我々は交渉中だと。

アルジュナ：（興奮して）本当か？

ピエール：旦那、決して…

アルジュナ：ピエール、私は約束する…私はこれ以上警察に留まるつもりはない。

ピエール：そうですか、しかしあなたは留まらなければ。警察内部にも善人たちが必要なのです。

アルジュナ：いいや、ピエール。俺は君が考えているような人

間ではない。臆病でいかなることに対しても自分の立場を明確にできない。私は決断を下すことができない。私はおそらく「最後の審判」まで一進一退を繰り返すだろう。アンジェラの言う通りだ。

ピエール：アンジェラ？

アルジュナ：話せば長いことだが！

ピエール：この仕事を辞めたらどうするつもりですか？

アルジュナ：わからない。たぶんどこか静かな場所で小さな農場でもやるか。一人で。自立して。自由に。

ピエール：いけません、旦那。それは間違っています。自分のことだけ考えているじゃないですか。それでは、あなた自身をも貶めていることになるのです。足枷をされた人が一人でもいる限り本当の意味での自由、自立、幸福はないのです。すみません、旦那、貴方を怒らせるつもりはないのです。

アルジュナ：しかし我々に何ができる？

ピエール：団結すれば私たちを阻止できるものは何もありません。

アルジュナ：君は楽観的だな、ピエール。

ピエール：私には信念があります、旦那。

アルジュナ：彼に会いたいのか？

ピエール：ご命令に従いますよ、旦那。

アルジュナ：（左手のドアへ向かい、ドアを開ける。）急げ、もうラワナが戻って来る頃だから。（ピエール退場。）

場面 13

（アルジュナは一人。額の汗を手拭で拭う。溜息をつく。右手のドアまで行きドアを開け、注意深く見回しそしてドアを閉める。テーブルまで来て座り、本を取り出しそれを開く。頭を上げまっすぐ前を見、頭を振り、本を閉じるとそれをテーブルに投げ出す。自分自身を嘲るように笑い立ち上がると右手のドアの方へと部屋を横切る。）

アルジュナ：ピエール、急いでくれ。彼がもう戻ってくるぞ。（時計にちらりと目をやり、電話を見る。受話器を取りたそうにするが、ためらう）... アンジェラの言うとおりだ。私には自分の良心の命ずるままに行動する勇気がないんだ。（椅子を引き、座って両手で頭を抱える。）私は ... もしキリストが今ここにいたら、人々はまた彼を同じように張り付けにしてしまうだろう。

場面 14

ピエール：（走りながら入ってくる。）旦那、何とかしなければ彼は死んでしまいます。息ができないんです。どうかお願いです、旦那、何とかしなくては！

アルジュナ：私に何ができる？

ピエール：本部に電話をかけてください。すぐに医者を手配させるのです。旦那、今助けなければ手遅れになります。

アルジュナ：（不甲斐なさを感じつつ。）それは規則に反する。私にはそれはできないよ、ピエール。何とかしたい。彼の命を救いたい、しかし私の判断でそうすることはできないんだ。
ピエール：貴方には失うものがあるのですか？ … ただここに座ってはいられませんよ … 分かりました、私が電話をします。
アルジュナ：よせ。君は何も知らないことになっているんだ。
ピエール：でも、私は知ってしまったのです、旦那。知ったことで全てが変わってしまったのです。
アルジュナ：（紅潮し、苦し紛れに。）しかし … （右のドアの外から足音が聞こえる。）彼が来るぞ。（彼は左のドアに掛けよりロックする。右手のドアからノックの音がする。アルジュナはドアを開けに行く。ピエールは手にお茶の入ったマグを持って立っている。）

場面 15

ラワナ：（ラワナが入ってくる。）お前、まだいたのか？
ピエール：旦那があなた様以外誰もそこには入れないとおっしゃったので待たねばならなかったのです。
ラワナ：あいつがそう言ったのか。よくやった、アルジュナ。お前は覚えが早いな。（自分の時計を見る。）マイクはどこだ、まだ戻っていないのか？
アルジュナ：まだです。巡査部長。

ラワナ：もう行っていいぞ、ピエール。俺がやつに茶を出そう。（ピエールは右手のドアへ向かう。ラワナはドアを開ける。部屋を出る前にピエールはアルジュナをしっかりと見る。アルジュナはうなだれる。ピエールは去る。ラワナはドアに鍵を掛ける。）

場面 16

ラワナ：奴は何を言ったんだ。

アルジュナ：何も。

ラワナ：奴には気をつけろ。俺が思うに奴はスパイだ。だがまだそいつを証明できん。マイクの野郎は全く変わらん。本当に残念だ。奴に最後のチャンスをやりたかったんだが。奴はそれを手にしているんだが。

アルジュナ：（気にも留めない振りをしながら）彼もあなたの邪魔をしているのですか、巡査部長？

ラワナ：（アルジュナの問いかけを無視し、自分の時計で時間を調べる。）あと25分だ！ 3時に俺たちは交替だ。早くやってしまわねば。

アルジュナ：早くやるですって？

ラワナ：ん？ あぁ...。その前にすべて片付けてしまわなければ...確かだろうな2時半に電話がならなかったというのは。

アルジュナ：はい、部長。鳴っていたら私が気付いていたでしょう。

ラワナ：（独り言を言う。）つまり、決行ということだな。どん

なことをしても中止だけは避けなければ。

アルジュナ：決行？　中止？

ラワナ：よし、万事うまくいっているか確かめよう。俺が奴に茶を持っていこう。（沈黙。）独房4の鍵をかせ。（アルジュナは戸棚を開け彼に鍵を手渡す。）

　　　忘れるな、優秀な警官は見ないふりをする時を心得ているんだ。お前がどうやって上司を喜ばせるか知っていれば、大丈夫さ、さもなければ…。（左のドアから出て行く。）

場面 17

（アルジュナは急いでドアのところへ行き、聞き耳を立てる。しばらくして、独房のドアが開く音が聞こえる。声は聞こえるが何を言っているのかはわからない。アルジュナは部屋に戻り、テーブルに座って分厚い日誌を開いて記録をし始め、すぐに止める。頭を上げほんの少ししてから再び書き始める。アルジュナは心配そうにしている。机の上のリボルバーに気付き、手にとる。そして、まるで詰らないことを心配していたのだと気づいたようにそれをもとに戻しながら微笑む。アルジュナは立ち上がり、自分の鞄に日誌を入れ、それを椅子の上に置く。ラワナが入ってくる。ラワナは手洗い用のたらいに水を注ぎ、手を洗い始める。そして、ラワナは手拭で手を拭く。背中を観客に向けて立ち、手拭をポケットに詰め込み、アルジュナの方を向き、目配せする。ラワナは自分の手をじっと見る。アルジュナはラワナを興味深げに見ている。ラワナは自分の手とアルジュナを交互に見る。）

ラワナ:「アラビア中の香水を集めても、この小さな手を芳しくすることはできない。」[4]

(彼は狂ったように笑う。)

アルジュナ:(ショックを受ける。)巡査部長、そんな話し方はやめてください。彼は人間なんです。ほんの少しのお茶を持って行っただけで、まるで汚染されたかのように手を洗ったのですか?

ラワナ:厄介者め!(さらに大声で笑う。右手のドアからノックの音がする。びくっ、とするラワナ。)一体誰だというのだ。ドアを開けろ。(アルジュナがドアを開ける。)

場面 18

(マイクが入ってきてラワナの方にまっすぐ進む。)

ラワナ:遅いぞ。お楽しみはおしまいだ。

(マイクは彼を左のドアへ引っぱっていき、小声で囁く。アルジュナは二人を見つめている。)

いや、そんなはずはない。まさか。

(マイクは彼の耳元で囁きつづける。)

2時半に電話が来ることになっていたんだ。

(マイクは囁きつづける。ラワナは当惑しているようだ。)

ラワナ:俺はもう殺ってしまった。

---

[4] シェイクスピア「マクベス」第5幕第1場で、マクベス夫人の台詞。

マイク：何だって！
ラワナ：そうだとも、この手でな … 殺ったんだ … 一人で。
マイク：お、お、お前、なんてこった！ クソッ、大変なことになっちまった！
ラワナ：何だと！ くそったれ！ よくもそんなことを！ あんたが２時に戻ってたら、そしてその話をしてくれていれば … もし２時半に電話さえ来ていれば、何事も起こらなかっただろうよ。それを今になってあんたは、この失態にあんたを巻き込んだと厚かましいことを言いやがる。あんたが俺をこんな目にあわせたんだ。これは罠だ。はめられたんだ。俺は「やつ」を殺せという命を受け … それを実行したまでだ …。

（アルジュナは何が起きたのかに気づいた様子。彼は左のドアに走っていきドアを開け、飛び出す … マイクとラワナはドアのところでじっと見つめて立っている。彼はすぐさま戻って、ドアのところに立ち、ラワナを睨み付ける。）

アルジュナ：なんてひどい！ あなたは本当にひどい人だ！
マイク：若造、これには関わるな。奴のことは俺に任せろ。
ラワナ：何だと！ 忘れるな、俺はまだ …
マイク：いいや、ラワナ部長。忘れちゃいませんよ。俺は決して忘れることはできないだろう … 恐ろしい過ちを犯しちまったってわかっているんだ。あれからずっとその償いをしてきた。でも、俺の最大の過ちは、そいつが起こらなかった振りをしたことだ。こうして俺はお前の魔の手に陥ったんだ。俺はお前の奴隷となり、共犯者になった。一つの罪が別

の罪を生み、次から次へと。しかし、もう終わりだ。ゆっくりと破滅に進み続けるより、向き直って、罰を受けたほうがましだ。

ラワナ：あんたは俺を見捨てないよな。俺たちは同じ血みどろの船に乗っているんだ。団結すれば乗り切れる。さもなくば、俺たちはおしまいだ。

マイク：違うぞ、ラワナ。お前はわかっちゃいない。もうこれ以上逃げないぞ。俺たちは過ちの償いをしなけりゃならん。ここでな。

ラワナ：おぉ！ マイク「牧師」！ アルジュナ、聞いたか？ 牧師さまのおっしゃったことを。善人面だな、そうだろ。去年、こいつは近所の女を強姦したんだ。俺がその罪からこいつを救ってやった。それなのに、今では俺さまに説教しやがる。

マイク：続けろよ。アルジュナにもっと教えてやれ。あんたがどうやってこれまで俺をゆすってきたかな。俺が毎月あんたの口を封じるためにどうしなければならなかったか。

ラワナ：何の証拠もないくせに。

マイク：証拠なんて、くそくらえさ。アルジュナ坊やに教えてやれよ、どうやってあんたが無実の男の殺害を企んだか、そして誰があんたに殺れと命じたのか。おっと、すまない、正確には公益のための殺害をあんたに助言したんだったな。そしてあんたがどうやって俺を巻き込んだのかもな。それにどういう手順で実行することになっていたのかも、どうやって独房のドアを開け、やつを誘い出すことになっていたのか、そして俺がどうやってやつの頭に一発ぶち込むことになって

いたのか。「脱獄を企てたための射撃」そいつが記録に残るはずだった。そうだろラワナ、なあ。

ラワナ：もういい。うろたえるな。

（ラワナはアルジュナを見て、決まり悪そうに笑う。）

　しかし、逃げ道は見つかるさ。俺たちが知恵を出し合えばだが。

マイク：いいや、ラワナ。今となっては手遅れだ。俺たちはもうおしまいだ。今日、この国の歴史にあらたな一章が刻まれた。や・つ・の肉体は滅びたが、心は生きている。や・つ・はアルジュナのような真面目なやつらの手を借りて、次の章を書くだろうよ。俺たちは事実を直視しなければ、ラワナ。俺たちは間違った馬に賭けてしまったんだ。俺たちは負けたんだ。

（沈黙。電話が鳴る。ラワナが電話に出ようと走り寄る。）

マイク：やめろ、ラワナ。もう遅い。無駄だ。もし２時半に電話が鳴っていたらすべてが変わっていたかもしれない。や・つ・はまだ生きていただろう。俺たちは罪を犯さずに済んだ。もう手遅れだ。アルジュナ、ありのままを記録するんだ。今度だけはその記録簿に真実を書いてくれ。お前が聞いたことをすべて書くんだ。

（再び電話が鳴る。マイクが答える。）

　遅すぎた。

（受話器を置く。机の上の銃に目を向けそれを手に取りラワナをそしてアルジュナを見る。）

　こいつで俺は無実の人間を殺していたかもしれない。だがそれは起こらなかった。俺は言い訳をしているんじゃないん

だ、ラワナ。俺もお前と同罪さ。数分ですべて終わりさ。新しい指導者たちが彼らの英雄を解放しに来るだろう。代わりに彼らは殉教者を見つけ、そいつが気に食わないだろう。アルジュナ、お前はこのことには一切関係ない。ここを出ろ、早く。

アルジュナ：いいえ、旦那。私のいるべき場所はここです。

マイク：なぜだ？

アルジュナ：大虐殺を阻止することができると考えるからです。

マイク：お前が代わりに殺されるぞ。

アルジュナ：危険は承知の上です。

マイク：しかしなぜだ、アルジュナ？ お前は若い、お前のこれからの人生が目の前に開けているんだ。行け、さあ。

アルジュナ：あなたが今そう言ったんですよ、旦那。新しい章が始まったと。私たちはそれを血塗られた手で書くわけにはいかないんです。巡査部長、あなた、そして私、私たちすべてにとって新しい出発なんです。（彼はラワナのほうに向き直る。）座ってください、巡査部長。（ラワナは座る。）

ラワナ：どうしようって言うんだ？

アルジュナ：待つんです、部長。ただ待つしかないのです。

ラワナ：俺たちは一体どうなるんだ？

アルジュナ：（彼を見ずに答える。）我々にできることは彼の死が無駄ではないと願うことのみです。彼の死が他の人たちを駆り立て、自由と正義を中心に据えた世の中を勝ち取ることを。あの記録簿に私はここで起こったすべてを記録しました。包み隠さずに。新しいリーダーたちが真実を知ることは

重要です。真実が必要なんです。世の中を人間にふさわしいものにするためには。

（沈黙。）

マイク：何時だ？

アルジュナ：（時計を見る。）3時です。もうすぐです。（右手のドアを大きく叩く音がする。3人は同時に振り向く。）

終　幕

第5章 『あらし』(*Toufann*)

登場人物（登場順）

船員

ポロニアス（王の顧問）

コーデリア（プロスペロの娘）

プロスペロ

カリバン

アリエル

リア王

エドモン（リア王の弟）

ヤーゴ（プロスペロの弟）

フェルジナン（リア王の息子）

カスパルト（モーリシャスの民話に道化役として登場するアル中のアフリカ人）

ダンマロ（モーリシャスの民話に道化役として登場するヤク中のインド人）

第一幕　第一場

（サイクロン。風、雨、稲光、雷鳴。現代風の船がそのサイクロンの中で身動きがとれなくなっている。）

船員：失せろ、どけ、この馬鹿！　仕事の邪魔だ！

ポロニアス：おい、聞け！　私を誰だと思っているんだ⁉　私は王の顧問だぞ。もし私が…

船員：そんなことはどうでもいい！　王様に泳ぐ準備を、とでも言っておくんだな！　さっさと消えろ。自分の部屋に入って神頼みでもしてな。

ポロニアス：どちらにしても、お前はもう終わりだ。この船が沈んでしまえば、終わりだ。そして、もし私たちが助かったら、その時には本当に葬り去ってやるぞ！

船員：船長！　正面に何か見えます…島のようです…

リア王：（舞台裏から）お前、正気か？　地図には何もないぞ。レーダーにも写ってないぞ。

船員：それでも船長…船はまっすぐそこに向かっています。

ポロニアス：お前は気が狂っとる。正面にあるっていう島はどこだ？

船員：お前の目は節穴か！

ポロニアス：いい加減にしろ。自分の身分をわきまえろ。

リア王：（舞台裏から）船長、何かがおかしい。向きを変えて進路を変えるんだ―もう遅い！　神よ！　どうかお許しください。

（混沌。）

第一幕　第二場

(プロスペロの制御室。コーデリアとプロスペロ。)

コーデリア：お父さん！　どうしてモニターを消してしまったの？　船が見えたでしょ？　こっちにまっすぐ向かって来るのよ。きっと座礁してしまうわ。

プロスペロ：静かに！　心得てやっているのだから私に任せなさい…。ついにこの時が訪れたのだ。

コーデリア：この時って何？　何百もの人が死にかけてるって言うのに、わけのわからない時が来たからって、何もせずにいるなんて！　一体、何の時なの？

プロスペロ：コーデリア、私に逆らってはいけない。大丈夫だ。誰もかすり傷一つすら負う事はない。万事計画通りなのだ。彼らの命は私の手中にある…見ていなさい！

コーデリア：プロスペロ様がそのような話し方をすると私、恐ろしくなるわ。まるで神にでもなろうとしているかのように行動して。

プロスペロ：そうだな、娘よ、そんな所だ！　今に全てが明らかになる。アリエルを呼んで来なさい！　早くしろと！　木偶の坊のようにそこに突っ立ってないで早くアリエルにここへ来るように言いなさい。

(コーデリア退場、プロスペロの独白。)

　20年の忍耐、20年の研究、20年の調査。今、トゥファンを

操っているのはこの私だ。嵐を支配し、決断を下し、全てを支配するのは私だ。リア王、お前は私の弱みにつけ込み、私と娘を木の実の殻のような小さな舟に乗せ、嵐の中に置き去りにし、雨と風に飲み込まれるように仕向けた。お前は私を破滅させようとした。ところが、リア王よ、時は満ちた。お前が私のトゥファンにどう立ち向かうか、お手並み拝見と行こうか…

（舞台裏に向かって）

カリバン！ カリバン、役立たずめ…カ！ リ！ バン！ どうした、聞こえないのか？

（カリバン登場。25歳くらいの混血の青年。顔立ちがよく、聡明で働き者。）

カリバン：ご主人様、御用でしょうか？
プロスペロ：用があるから呼ぶのだ！ 言いつけたことはやったのか？
カリバン：はい、ご主人様。しかし…
プロスペロ：しかし何だ？ お前は質問をするためではなく、私の命令を実行するためにここにいるのだ。分かったか？
カリバン：プロスペロ様！
プロスペロ：今度は何だ？
カリバン：もうあの人たちを放してやるべきだとは思いませんか？
プロスペロ：私に指図するとは何様のつもりだ？ 話すのは、返事をするときだけにしろ。私が何からお前を救ってやったか

忘れたわけではないだろう。私がここに来たとき、お前とお前の母親は餓え死にしかけていた。そしてお前の母親がした約束、お前は私と共に、私のために、私が望む限り私に従い働くという約束、それを決して忘れるな。わかったな！

カリバン： はい、ご主人様。

プロスペロ： 確認リストは作ったか？

カリバン： ここに。

プロスペロ： よし、どれどれ。全く考えつかんだろう。いや、よし … 出来ているな。準備はしたか？

カリバン： はい、ご主人様。第一発射の準備は全て整っています。設備は調整済みです。

(コーデリアとアリエル登場。アリエルは青い目金髪の巨人である。)

プロスペロ： アリエル、全て確認したか？ 結果は満足するものか？

アリエル： はい、船長。お望みのままに。

プロスペロ： 何か問題が？

アリエル： 船長、困難なことがありましたら、即座に解決します。不可能なことには、もう少し時間が必要です。

プロスペロ： 自慢する必要はない。さて、お前たち二人は少し外に出ていてくれ。コーデリアだけに話がある。

(カリバンとアリエル退出。戸口でカリバンは脇に移動し、アリエルを先に行かせる。)

さてコーデリア、ここに座ってよく聞きなさい。

コーデリア：お父さん、何か問題でも？

プロスペロ：ずっと昔の話だ。私はお前に伝える・こ・の・時を待たねばならなかった。

コーデリア：また・こ・の・時って言う。一体何の時なの？ どう言う意味なの？

プロスペロ：まあ、とにかく聞きなさい。私たちがいつ、どのようにここにやって来たか覚えているか？ そしてどのような状態だったかを？

コーデリア：曖昧にだけね。小屋があったのを覚えているわ。破れた帆の舟も。それからカリバン。それとカリバンの母親、バンゴヤおばさん。

プロスペロ：お前は幼な過ぎた。全てを語るその時が、ついに来たのだ。コーデリア、お前はここで生まれたのではない。お前は宮殿で生まれた。そしてお前の母はこの世の誰よりも美しい女性だった。父さんはといえば、権力のある王だった。尊敬されてもいた。周辺諸国は私の国を羨んでいた、なぜなら国民が幸せだったからだ。全てが上手く行っていた。良い政府、効率的な労働力。どう説明したらいいだろう？ 私には悩みが一つもなかった。起きている時間は、読書と物書きにふけって、いつの間にか官邸よりも、自室の図書室でより多くの時間を過ごすようになっていた事にも気づかなかった。私は徐々に自分の権力の何から何まで首相に渡していった。実の弟だ。正直者で、勤勉、知的 … そう、知的過ぎた。狡猾だったのだ。あいつは少しずつ、絶対的権力を得ていった。私に気づかれないように、大臣たちを次々更迭してい

き、警察、軍隊、司法—あっちこっちに自分の部下を置き、どこにいってもあいつの部下ばかりにした。そうやって、あいつは少しずつ全ての権力を手にしていった。民主制では、行政と立法を切り離すことは、基本中の基本だ！ だが、弟はそうしなかった ...

コーデリア：お父さん、それで？ その後は？

プロスペロ：わかってるよ、コーデリア。急かさないでくれ！ あいつは裏切り者だ！ 私はずっと面倒を見てやったのに。あいつは全く知名度のない、完全に無名の人間だった。信用した私が愚かだった。ヤーゴは、あいつの名前だが、私がもう邪魔にならないと見て、我が国の昔からの敵と協力することを決意したのだ！ その時、私は何をしていたか？ 私は図書室で書物を読み漁ったり、実験室で研究をしたり ...

コーデリア：何の研究を？

プロスペロ：その話は後でしよう。しかし、ヤーゴ ... ヤーゴと呼ばれるこの利己的な豚のような奴がな、エドモン王子、つまりリア王の弟と結託して、三人で陰謀を企てたのだ。ある朝、部隊が私の宮殿を攻撃した。まるで今日のように、巨大なサイクロンが起き、風、雨、稲妻、雷鳴が荒れ狂った ... 兵士たちは、宮殿の中へと進み、私を捕虜にした。それから、生まれたばかりの赤ん坊だったお前の子供部屋に入ろうとした奴らをお前の母は、止めようとして殺されたのだ。

コーデリア：ああ ... ひどい！

プロスペロ：奴らは、私たち二人を捕らえて、小舟に乗せた。小舟と言っても、ただの木の実の殻に過ぎない。私が持参を

許されたのは、2〜3冊の本だけだった。それすらもポロニアスの好意によるものだった。哀れなポロニアス。悪い奴ではないのだが、まあ何とおしゃべりなことか！ とにかく、彼はこっそり私たちに食べ物と着る物を渡してくれた。丸一週間、或いはもっと長かったかもしれないが、私たちは嵐や太陽の焼け付く日差しの中、散々な目に遭いながら漂流し、ようやくこの島にたどり着いたのだよ。このわずかに人が住む小さな島、まさに地の果てに近い島だ。小屋があって、そこにバンゴヤがバタール、つまり混血の私生児と一緒に住んでいた。

コーデリア：バタール？

プロスペロ：誰のことかは分かっているだろう。カリバンだよ。バンゴヤは黒人の女、つまり奴隷だった。持ち主は海賊だった。そいつは彼女を妊娠させた挙げ句この島に置き去りにしたのだ。

コーデリア：悲しいことだわ。

プロスペロ：悲しいだって？ 私ならむしろ悩みの種だと言いたいね。あのカリバンはとてもやっかいな遺伝子構造をしている。だが私はほどなくこの島の生活様式を一変させた。私は持っている知識を全て使って、お前と私自身のために、そして私に従う全ての人のために、ここをちょっとした楽園に変えたのだよ。資源は十分あった。ここは自然がとても豊かだ。そして私は科学の力で、自然を統御し、計画を実現可能なものにした。20年たった今も、来る日も来る日も、自分の理論を試せるのだ。

コーデリア：でもアリエルは？

プロスペロ：アリエルが何だ？

コーデリア：どのようしてここにたどり着いたの？

プロスペロ：私が彼の父であり母だ。

コーデリア：お父さんったら、まさか自分が両性具有者だとでも言いたいわけ…

プロスペロ：それ以上だ！　私は彼にとって神なのだ―私が彼を作ったのだからね。彼は私の力、科学、技術から生まれた子、つまり私の能力による創造物だ。彼はロボットのようでロボットでなく、人間のようで人間ではない。そして、私が望めばいつでも、彼と同じものを何千も作ることができるのだ。

コーデリア：まるでお父さんの力が超自然現象であるかのようだわ…

プロスペロ：奴らは、私を苦しめるために嵐を利用した。今日、私は敵討ちの道具として嵐を起こしたのだ。私の特製の味付けというわけだ。

コーデリア：とても危険に思えるわ。一つ間違えたら制御出来なくなる、そしたら、一体…

プロスペロ：大丈夫。失敗することはない。私は完全に統御している。誰一人として、かすり傷さえ負う者はいない。私は奴らを怖がらせなければならなかったのだ。自分たちがしたことを認め理解させるために。後悔させるために。それだけだ。

コーデリア：まるで本当に神であるかのような言い方よ。それ

第５章　『あらし』（*Toufann*）

　　が怖いの。船の中には敵だけではなく、無実の人々もいたのよ。
プロスペロ：どうしていたと言うんだ？　みな、まだ生きているではないか！
コーデリア：どこにいるの？
プロスペロ：私が島の中央に作った幻影の港にだ。奴らは崖に衝突すると思ったら、山が開き、運河で島の湖へと辿り着いたのだ。船は風を避け、もう大丈夫だ。連中は夢を見ていると思っている。山は再び閉じ、運河は消えた。復讐が済めば、そこを出て、海に戻ればいい。わかったか？　奴らは安全なのだ。ただそれを知らないだけだ。はっきりしたか？
コーデリア：いいえ。
プロスペロ：わかるさ。後になれば。

第一幕　第三場

（船上にて、リア王とポロニアス。）

ポロニアス：そう気落ちされないでないで下さい、陛下。嵐は軽いものでした。船長は船への損害も全くないと言っています。ただ、大きな問題が一つ … ここからの出口がないようです。私たちは山に取り囲まれているのです。どのように私たちがここに到着したのか、見当も付きません。
リア王：私たちは全員死んでいるに違いない。ここは煉獄だ。私たちは最後の審判を待っているのだ。

ポロニアス：陛下、そう言えるかも知れませんが、それは少し悲観的ではないでしょうか。何か問題でも？ もしこれが本当に煉獄であるならば、天国よりも良いように私には思えます。

リア王：どうしてそんなことが分かるんだ？

ポロニアス：想像です。

リア王：ポロニアス、それがお前の悪いところだ。お前は想像ばかりだ。政治家としては良いとは言えない。

ポロニアス：陛下、私が思うに、想像は考える方法の一つです。仮説から出発し、それから——

リア王：ポロニアス、私は、言語学や真理や論理学の講義を受ける気分ではない！（間）理由は分からないが、何かがずっと見えている…それは私の頭の中でぐるぐる回りながら、行ったり来たりしている。

ポロニアス：何がです？

リア王：小さな舟が…サイクロンの中に…

ポロニアス：それは妙ですね。私も同じ物が見えています。

（ヤーゴとエドモン登場。）

エドモン：リア！

リア王：どうした、エドモン。

エドモン：ヤーゴと私は今船から降りて、周辺を見回ってきた。飲み食いしていくには何ら問題はなさそうだ。ここはとても自然に恵まれている。問題はといえば、海に戻る方法が全くないことだ。まるで船が島の上空を飛んでこの小さな湖に着

水したかのようだ。湖とさえ呼べないかな？ どちらかというと池だ。船が浮かぶにはぎりぎりの大きさだ。諸君、私たちは抜け出しようのない困難な状況にある。どこかわからぬ場所の真ん中にある無人島の中央の池に閉じ込められているのだ。

ヤーゴ：無人島か、その通り。ここに足を踏み入れたのは、我々がおそらく最初ではないだろうか。そこで提案だ。この島を帝国の正式な領土とすると宣言したらどうか。そして総理大臣にこの私を任命する。

リア王：ヤーゴよ、正直な所、今優先すべきことが政治的なことだとはとても思えんぞ！ それよりここから脱する方法を見つけることが重要ではないか？

エドモン：おいおいリアよ。今の話も成る程その通りだな。まず、この島を組織立てる必要がある。私たちの船は総督官邸の役目を果たすべきだ。金とダイヤが埋まっているに違いない。そして、打って付けな働き手がいるじゃないか。船員全員を坑夫に変えればいいのだ。

リア王：自由がない時に、金やダイヤモンドで何をするつもりなんだ？

ポロニアス：陛下、これはさまざまな政府の形態を実験するのに、絶好の機会ですよ。私の、独裁国家に対する理論を覚えておいでで…？

ヤーゴ：また始まった。

エドモン：おしゃべりめ。

リア王：一体全体、みんなどうしたんだ？ 今は論じている時間

はない。私が知りたいのはこの罠からの逃れ方だけだ。

（船員登場。）

船員：陛下、フェルジナン王子はここにいらっしゃいますか？

リア王：いいや。お前たちと一緒に島の探索に行ったのではなかったのか？

船員：はい、陛下、私たちとご一緒でした…。しかし、少ししてから王子様のお姿がないことに気づきました。消えてしまいました。船に先に戻られたのだろうと思っていました。といいますのは、いたるところを探してみましたが、王子様の痕跡はなかったからです。（間）陛下、ここはどうも変な感じがします。いろいろな声がするのです。空の上から、木から、水の中から、周り全体からです。まるで嘲け笑われているかのようでした。何かの悪戯のような。陛下、何か恐ろしいことが起きたのではないかと案じています。

リア王：フェルジナン！　私にとっての地獄はここから始まるんだ。

ポロニアス：そんな風に考えてはいけません、陛下。フェルジナン王子は自分のことくらい自分で何とかできます。もしかしたら自分で見つけた洞穴か何かを探索しているのかも知れないし、山の部族に会っているかも知れない、あるいはもしかしたら…

ヤーゴ：もしかしたら、サルと隠れん坊でもしているかも知れない。もし、もし、もし。

ポロニアス：冗談を言っている場合ではない…

エドモン：慰める？ 慰め？ 馬鹿な！

リア王：私の息子が。私の後継ぎが。

ポロニアス：陛下！ 事態が絶望的に見える時は、一番良い結果となることの方が多いものです。

リア王：いいや、ポロニアス。地獄に落ちるまでもなくたとえ地上であっても、罪は償わなければならない。嵐の中の小さな舟を覚えているか？ 私は今、わかった。これは、私の犯した最悪な罪に対しての神の罰なのだ。私は、無邪気な赤ん坊にさえ容赦しなかった。神は今、父親の苦しみを味あわせようと私をこの煉獄に入れられた。願わくはプロスペロが私を許さんことを！

ヤーゴ：プロスペロ？ プロスペロがどうしたって？

エドモン：(ヤーゴに近寄り) 弱ってきているな。

ヤーゴ：(エドモンに近寄り) 貴方にとっては、好都合じゃないか。さあ貴方が輝く時です。気を緩ませないで。

ポロニアス：リア王様、そんな…

リア王：いいんだ、ポロニアス。慰めようとするな。私は償わなければならないんだ。償わせてくれ。

第一幕　第四場

(プロスペロの制御室にて。プロスペロとコーデリア。)

プロスペロ：だめだ、コーデリア、行ってはいけない。ここにいてくれ。お前に大切なものを見せたい。

コーデリア：行かせて、そしてあの人たちに会わせて。あの人たちは十分に苦しんだのよ。落ち着かせに行くことを許して。

プロスペロ：それはまだ時期尚早だ。その時が来たら、会いに行けばいい。今はまだ奴らは悪に染まっている。

（アリエル登場。共に登場したフェルジナンは、催眠術をかけられている。）

アリエル：船長、こちらは優れた若者です。

プロスペロ：それは確かか？

アリエル：彼と同じ立場に立たされたら、大抵の人は屈服するでしょうが、彼は違います。本能的に美しさに反応します。天国からの音楽、島の花や動物に。まるで彼にとっては、これが普通であるかのように。私が笛を吹いたら、おとなしくついて来ました。まるで芸術家が女神についていくように。

プロスペロ：本当か。

アリエル：勿論です。私は人間の感情を理解していません。しかしこの顔の表情には何かがあります。

プロスペロ：彼はまだ催眠術にかかっている、それだけだ。さあ、コーデリア、どう思う？

コーデリア：え？

プロスペロ：もうお前も二十歳(はたち)になった。そろそろ結婚する頃だ、違うか？

コーデリア：誰とですか？

プロスペロ：彼はどうかな？

コーデリア：彼？　誰ですか？

プロスペロ：フェルジナン王子だ。リア王の息子だよ。

コーデリア：ちょっと待って。お父さんの敵の息子と結婚なんて本気で言っているの？

プロスペロ：そうだ！　そうすれば復讐を果たせる。お前がフェルジナンと結婚し、リア王を退位させれば、お前は女王だ！

コーデリア：私が嫌だと言ったら？

プロスペロ：嫌でも従うしかないだろう？　お前はここで私の復讐劇を妨げることはできない。

コーデリア：なぜ彼は緊張しているの？

プロスペロ：アリエルが彼に催眠術をかけてやったからだよ。そろそろ意識を戻してやろう。

　　（プロスペロが手を叩くと、フェルジナンが目覚める。）

フェルジナン：一体どうしたんだ？　ここはどこだ？

プロスペロ：アリエル！　よく見張っていろ。

フェルジナン：失礼、お嬢さん、貴女はどなたですか？

プロスペロ：見てみろ、アリエル。彼はお前や私に話しかけてこない。

アリエル：私は目に見えないのです、船長。

フェルジナン：お嬢さん、教えてくれないか。貴女は夢なのか、それとも私のように生身なのか。

プロスペロ：コーデリア、彼と話したらだめだ。よく見ろ。彼がどの一族出身かすぐ分かるだろう。女と見たら、スカートの中に潜りたがる。アリエル、そいつを独房に閉じ込めておけ。

コーデリア：お父さんは大袈裟だわ。この人が一体何をしたというの。

プロスペロ：黙りなさい。そいつを監禁しろ。

フェルジナン：教えて下さい。

プロスペロ：教えてもらいたいのは私の方だ。

フェルジナン：丁寧に聞いているじゃないですか。お嬢さん、私は危害を与えるつもりはない、と彼に言ってくれ。自分がどこにいるのかさえ分からない … これが現実なのか、それとも、ただの恐ろしい悪夢なのかもわからない。さっきから不思議なことの連続だ。まず船がサイクロンにぶつかった。

プロスペロ：トゥファンだ！

フェルジナン：何だって？

プロスペロ：サイクロンではない、トゥファンだ。

フェルジナン：同じことだろう？ どちらにせよ、奇跡的に助かった。船はぐるりと山に囲まれた池にたどり着いた。何人かの船員とともに船を離れたが突然一人きりになってしまった。世にも美しい音楽が聞こえてきて、崇高な幻影としか呼べないものを見た。音楽の導くままに従い … そして貴女に出会った。

コーデリア：ご存知ないでしょうけど──

プロスペロ：黙ってるんだ、コーデリア。アリエル、そいつを一番暗い監獄へ放り込め、一番じめじめしていて、一番ねずみが巣食っているような。

（フェルジナンはアリエルに掴まれるが相手が見えないために、どうなっているか理解できず混乱してしまう。二人退場。）

コーデリア：何故あんなことをしたの？

プロスペロ：あいつの父親は何の躊躇もなく私たちを嵐に投げ込んだからだ。

コーデリア：それは彼の父親であって、彼自身ではないわ！

プロスペロ：さあ、今答えるんだ。お前はあいつと結婚する気はあるのか？

コーデリア：まだ決めていないわ。

プロスペロ：早くしたほうがいい！ あまり時間は残ってはいない。日没までに、すべてを成し遂げらなくては。

第一幕　第五場

（リア王の船の上、カスパルトとダンマロ。）

カスパルト：すごいぞ！ ココナッツをむしりとり、それを割って開けて、汁を飲んだら、何と何と、ウィスキーだぜ。楽園だぞ、おい！

ダンマロ：どうりで、あんなでっかい房を運んで来たんだな。

カスパルト：朝めし、昼めし、晩めしだ、それで朝になればまた俺はもうひと房探しに行く。ん、何をしているんだ、おい？

ダンマロ：ぶっとい大麻を巻いているんだ。

カスパルト：冗談だろう、ダンマロ？ ここで大麻まで手に入るわけないだろう？

ダンマロ：カスパルト、よく聞け。手に入るんだよ訳無く。向

こうに大麻がわんさか生えているんだ。大儲けになるぞ。もう二つの大袋を一杯にした。明日、また収穫するつもりだ。今日は、くつろぐぜ！ ダンマロダム！ ハレクリシュナ、ハレラム！ ああ、カスパルト、一服どうだ？

カスパルト：冗談じゃない！ 俺はウィスキー派だ。ダンマロよ、連中は、何だってその出口のようなものを探しているんだ？ もし仲間たちが俺たちのこの姿を知ったら乾杯！ や、やつらは、彼らはすぐにでも難破しようとするだろうよ。助けに来るなよ！ 俺はここがいいんだ、世の終わりまで、アーメン！ 飲んでみるか、ダンマロよ？

ダンマロ：いや！ 俺は天井を歩いているんだ … 夢を見させてくれ。目と耳に快い美しさを … ダンマロダム …

（エドモンとヤーゴ登場。）

エドモン：やあ、カスパルト、ダンマロ。二人で何をしてるんだ？

カスパルト：エドモン様、ヤーゴ様。ちょっと飲みますか？

ヤーゴ：ココナッツミルクか！ 悪くないな。

カスパルト：喉に気を付けて。

ヤーゴ：何てこった！ 何を入れたんだ？

カスパルト：何も入れていません、ヤーゴ様。自然の味そのままですよ。木からもぎたてです … そうだよな、ダンマロ？

ダンマロ：ああ、その通り … ダンマロダム！ 心配ご無用です！

ヤーゴ：（カスパルトに）どこで見つけたか教えてくれないか？

カスパルト：どこにでもありますよ！ いたるところに、どこに

第 5 章 『あらし』(*Toufann*)

行ってもココナッツが呼んでます。まったく、ご主人、牧師たちの言う通りだ。天国は ... すばらしい。神を称えよ！（ココナッツにキスをして）聖書にキスをせよ！

エドモン： ヤーゴ、行こう。お前に話がある。

（ヤーゴとエドモン出て行く。）

ダンマロ： カスパルト、あの二人は俺たちの秘密を漏らしたりしてないかな？

（崇高な音楽が流れる ...）

カスパルト： 全くさ！ 心配なんかするな。ヤーゴ様もエドモン様もどっちもいい人だ。向こうの邪魔をしなければ、こちらの邪魔もしないさ。（あくびをする。）おい！ 心配するなら一人でしてくれ。もう寝るぞ。（寝る。）
ダンマロ： おい、起きろよ！ もっとお宝を集めなきゃ！ 起きろ、この大馬鹿野郎！ うむ ... まぶたがとても重い ...（ダンマロ寝る。）

（アリエルが入ってきて彼らの服を変える。カスパルトはヤーゴに、ダンマロはエドモンのような服装になる。アリエルは魔術を使い、二人の耳に何か囁き、姿を消す。二人共、起きる。）

カスパルト： ダンマロ、起きろ！ 聞こえないのか、起きろっ！
ダンマロ： ちゃんと名前で呼んでくれよ。ダンマロというやつはどこのどいつだ？ 俺は、エドモンだろうが。カスパルト、何故お前はそんなふうに着飾っているんだ？

カスパルト：着飾っているだと！　馬鹿なことを！　俺はヤーゴだぞ。

ダンマロ：大変申し訳ありません、閣下。どうか私についてきて下さい。とても重要な相談があるんです。ダンマロダム。

（二人退場。）

第一幕　第六場

（地下牢の中、フェルジナンとコーデリア。）

フェルジナン：全く訳が分からない！　私が君の父上に何をしたというのか？　投獄されるだけでなく、持ち上げられたり、その上辺りを引きずられたり、乱暴に扱われたり、身動きをとれないようにされたりした。全て、目に見えない力によって。一体どうなっているのか教えて下さい！

コーデリア：落ち着いて下さい！　すぐに分かると思います…父は何も話すなと言いました。本当はここにすらいてはいけないのです。カリバンの手助けが無かったら──

フェルジナン：カリバン？

コーデリア：カリバンは父の…助手です。あらゆる秘密を知り尽くしています。例えば、カメラの目が届かない通路のことなど。彼は今、地下牢の監視カメラを少しの間止めることすらできるのです…

フェルジナン：どうして？

コーデリア：私がそう頼んだからです。（間）貴方は何も悪くは

無いことは分かっています。父は貴方のお父様がしたことに対して罰を与えているのです。

フェルジナン： 私の父ですって？

コーデリア： リア王でしょう？

フェルジナン： その通りです。

コーデリア： プロスペロ王について聞いたことはありますか？

フェルジナン： 少し。クーデターのようなものを企てたが失敗したとかで、今は亡命中です。

コーデリア： では、その娘のことは？

フェルジナン： 娘がいたことは初耳です。

コーデリア： この私です。貴方の目の前にいる私です。

（ドンという音。）

コーデリア： 歴史というのはとても主観的ですよ、フェルジナン。貴方のお父様は、プロスペロがクーデターを起こし失敗した、と貴方に話し、私の父は、リア王とヤーゴが自分を滅ぼそうと企んだ、と言っています。でも今、父はある計画をもくろんでいます。

（カリバン登場。）

カリバン： コーディー！ 早く。お父様に見つかるかもしれません。

コーデリア： すぐに終わるわ、カル。フェルジナン王子には会ったことがある？

カリバン： いいえ。

フェルジナン：おはよう。（コーデリアに向かって）それで、その計画ってのは何ですか？

カリバン：計画？

コーデリア：（カリバンに向かって）それはまた別の問題よ。後で話すわ。もう行ってカメラを再接続していいわ。私はフェルジナンにもう少しだけ話すことがあるの。

カリバン：それなら気をつけて、コーディ。60 秒しか残っていないから。急いで！

（カリバン退場。）

コーデリア：ねえ、よく聞いて。私の父は科学の天才よ。あの人は自然と人間の両方に対して、大きな力を持っています—父は、自分でトゥファンと名付けた大嵐を発生させることが出来るの。それに周囲に虚像を投影し、それを人々に信じさせることが出来るのよ。貴方の船は父が作り上げた仮想現実の中に閉じ込められているの。父の狙いは復讐なのよ。

フェルジナン：復讐？

コーデリア：20 年前、貴方のお父様と叔父様、そして私の叔父が手を組んで父を退位させたの。今度は父が彼らを同じような目に遭わせようとしているの。権力を全て手に入れ、巨大な新しい帝国を創造するつもり。貴方と私といえば、そのゲームの駒でしかないの。

フェルジナン：貴方と私が？

コーデリア：早くしなければ。カメラの電源が間もなくまた入るでしょう。父はあなたを使って私を女王にしたいのです。

フェルジナン： つまり？

コーデリア： 私たちを結婚させようとしているの。

フェルジナン： 何ということだ ...

コーデリア： 何か問題でも？

フェルジナン： いや ... 悪く思わないでくれ、しかし、ちょっと ...。

コーデリア： だったら、考えて！ 何か方法を見つけないと。もう、行かなくては。また連絡します。

（コーデリア退場。）

フェルジナン： 私の夢がだんだん悪夢に変わってきている。どこに隠しカメラがあるんだ？ この穴蔵では何も見えやしない！ 私は王になどなりたくない。王の座など喜んでコーデリアにくれてやる。しかし、結婚を強いられはしないぞ。冗談じゃない。女性と一緒になるなんてできない。私は、そういう人間ではないんだ。ああ、どうしよう ...！ あの人は何という名前だったか？ カビ ... いや、キラ ... カリバンだ！ 彼なら助けてくれるかもしれない。カリバンよ！ 私は閉じ込められている。閉じ込められているんだ。ここは地獄だ。カリバン！

第一幕　第七場

（プロスペロの制御室の中。スクリーンはすべて光っている。ここからプロスペロは全てをコントロールする。彼は満足げに見え

る。スイッチやボタンがたくさん付いている、大きなキーボードの前に立っている。)

プロスペロ：カチッ、雨だ。カチッ、日の出だ。ちょっと驚かしてやる頃合だな。火山を噴火させてみるか？ いや、少しやり過ぎだ。そうだ、恐竜だ。そら！ ははは！ 逃げ回っている姿を見よう！ リア、どこにいる？ ああ、ここか。自分をかわいそうに思っているのか。よし、お前が使ったのと同じ手口で報復してやる時が来た。

(アリエル登場。)

プロスペロ：アリエル、どうした？ 万事順調か？

アリエル：そう思われます。フェルジナン王子は牢屋でいらいらしています。そして彼の父はさらにひどいトゥファンの中にいます。飲まず食わずで、目を涙で一杯にしています。物悲しいですね、船長。

プロスペロ：物悲しい？

アリエル：船長、私は人間の感情を理解しません。それは私にはない機能です。しかし窮地に陥ったあの惨めな王様を見ると、ある種の妙な気持ちを感じるのです。

プロスペロ：アリエルよ、お前は妙な気持ちを持つようにプログラムされていない。お前の機能は論理的、客観的な思考をすることだ。

アリエル：はい、船長。

プロスペロ：さて、ヤーゴとエドモンには特に気を付けなくて

はならない。あの二人はどこへ行っても問題を起こすからな。

アリエル： 船長、私は自分で思いついた悪戯をしてみました。

プロスペロ： 何をしたのだ？

アリエル： 怒らないで下さい、船長。ヤーゴとエドモンの企みをふと耳にして、さらに状況を混乱させる方法を思いついたのです。カスパルトとダンマロをご存知ですか？

プロスペロ： いや、何者だ？

アリエル： 馬鹿同士息の合った二人組です。一人はアル中、一人はヤク中です。

プロスペロ： それで？

アリエル： これが失敗しないとよいのですが。私は彼らに催眠術をかけ、姿形を変え、一人は自分がヤーゴと、もう一人は自分がエドモンと思い込ませました。今の二人は言ってみれば王族の別のイメージになっています。

プロスペロ： 素晴らしいぞ！ そうなったら、次はこうしよう。二人を船に戻し、自分の姿は消して、彼らを使って大混乱を引き起こすのだ。なんでも好きなことをして大騒ぎにしていいぞ。分かったか？ 他に何かあるか？ 話してみろ。怖れることはない。

アリエル： フェルジナン王子には姿を見せてもよろしいでしょうか？

プロスペロ： 何故だ？

アリエル： 彼を慰めたいのです。

プロスペロ： お前の語彙も増えてきたな！ 彼を慰めるだと？

アリエル： プロスペロ様、もし彼の共感を得られれば、私たち

にとっても好都合かもしれません。

プロスペロ：そうか、まずはあの馬鹿者たちの面倒を見て来い。（アリエル退場。）アリエルは感情を得つつある。これは計画にはないことだ。感情は厄介なものだ。人間のように話す機械 ... 気をつけろ、プロスペロ。以前、感情に破壊されたことがあったな。感情とは悪意を助長する弱みのことだ。感情 ... それは心を食い荒らす疫病、私の計画を押し流しかねない大波だ。（コーデリア登場。）どうした、コーデリア？

コーデリア：ああ、お父さん。

プロスペロ：何か探しているのか？

コーデリア：カリバンがいると思ったのに。

プロスペロ：いいや。

コーデリア：わかった、大丈夫。

プロスペロ：何か手伝おうか？

コーデリア：いいえ、平気。ただコンピューターのプリンターが動かなくて ... 急ぎじゃないからいつでもいいの。

プロスペロ：私の提案については考えているか？

コーデリア：決めづらいわ。

プロスペロ：どうして？

コーデリア：牢獄に入っている男、会うことさえも許してくれない男と結婚するかどうかを決めろと言われているのよ。

プロスペロ：それで何が問題なんだ？

コーデリア：つまり、選ぶ前にまず相手を知る必要があるし、知るには会う必要があるのに、私はその人に会うことすら許されていないのよ。

プロスペロ：問題がそれだけなら、会いに行けばいいじゃないか？
コーデリア：どこで？
プロスペロ：牢獄の中—
コーデリア：お父さん！
プロスペロ：わかった！ お前の部屋へ行かせる。アリエルが来るまで待て。ちょうど今別の用向きに行かせたところだから。（間）
コーデリア：囚人たちはどうしてるの？
プロスペロ：モニターを見てないのか？ まるで水のない魚のようだ。
コーデリア：嵐の中の人たちよ。
プロスペロ：その通り！ 私のトゥファンに捕らえられている。混乱し、うろたえている。心が麻痺している。恐怖だ。パニックだ。トラウマだ。
コーデリア：それを見ていて嬉しいの？
プロスペロ：コーデリア、お前には私の気持ちが分からないのだ。私は20年間研究したのだ。20年間ずっと待っていたのだ…
コーデリア：その通り。私には理解出来ないわ。
プロスペロ：今に分かるさ。全てが終わった時に。ついに幕が降りた時に。ああ、今説明するには早過ぎる。劇のようなものだ。私が脚本を書き、一つ一つの場面を演出している。俳優たちはみな私の望み通りに演じればいいだけだ。
コーデリア：そしてもし俳優が即興で演技をしようとしたら。

プロスペロ：許さない。

コーデリア：場面を書き換えることは？

プロスペロ：からかわないでくれ！ お父さんを信じるのだ、コーデリア。これは何もかもお前の、お前の幸せのためなのだよ。20年の間私が取り組み、注意を払ってきたことはみな、私に起こった事がお前には起こらないようにするためだ。

コーデリア：お父さん。愛しているわ。知っているわよね。でも、私は怖いわ、あなたが神様のふりをする時は。

プロスペロ：神のふりなどしてはいない。神の過ちを正しているのだ。神を少し手助けし、その仕事を完成させていると言ってもいい。

コーデリア：でも神様は人間を自由であるように創造したのよ。お父さんはその人間を支配しようとしているわ。

プロスペロ：まさにそうだ！ 人間は私の与えた運命に従えさえすれば、世界は楽園になるのだ。

コーデリア：本当にそうなるかどうか見てみましょう。

プロスペロ：ああ、そうだな、愛しい娘よ。見てみよう。よろしい！ これでもう十分話したね。プログラムの第二幕を開始する時間だ。

コーデリア：何幕まであるの？

プロスペロ：三幕だ。近代劇のように。

第二幕　第一場

（船。リア王、ポロニアス、船員。）

ポロニアス：くよくよと考えてばかりいたら、気持ちが沈むだけです。そして陰鬱な気分は心を無力にしてしまいます。それでは指導者として王の義務を果たせません。どんな状況下にあろうと、王は王であることを忘れないで下さい。臣下の士気を保つことは王の義務です。さらに、「苦は楽の種」というではありませんか。おそらく私たちの誰もが本当の苦難に遭ってはいないのです。王様でさえも。

リア王：本当の苦難だと？　私の息子、私のただ一人の息子、王座を継ぐ者、そして私の人生の中で最も大切な人が失踪し、完全に姿を消したのだぞ。私は、囚人同然だ。船は池で立ち往生し、私の国は政府を失ってしまった。誰も海に戻る方法を知らない。これが本当の苦難ではないと言うのか？

ポロニアス：頭を冷やしてください！　我々に何故このようなことが起こっているのかが、わかりさえすればおそらく…

リア王：おそらく、おそらく、おそらく。ポロニアス、お前の説教には時々うんざりする。

ポロニアス：ええ、陛下。私はただ落胆し過ぎてはならないと申し上げたいだけなのです。

船員：ポロニアス様の言うとおりです、陛下。船は完全に航行可能です。機能的な問題もなく燃料も十分あります。ただ一つ問題があるとすれば。

リア王：ただ一つ問題があるとすれば航行するべき海が無いことだ。お前たちにはうんざりだ。この役立たずめ！ 我々が必要なのはプロスペロだ。彼ならこの混乱した状況から、我々を脱出させてくれたに違いない。プロスペロは、汚い権力争いなどで時間を無駄にしたりしなかった。私腹を肥やそうともしなければ、自分の保身にばかり走らなかった。党派的な忠誠心などといった下らないことなど、全く気にかけていなかった。彼はひたすら、科学を研究した。彼がこの場にいたら、何をしたら良いか分かっていただろう。彼のことは、追放するのではなく、最も親密な協力者とすべきだったのだ。ヤーゴとエドモンのせいで全てが滅茶苦茶だ。

ポロニアス：こう言うのは心苦しいですが、そう申し上げたつもりです …

リア王：私がおかしくなったと分かっていたのなら、何故そう言わないのだ？

ポロニアス：思い出して頂けるなら、陛下、私はできる限り説明いたしました。しかし、反対意見を申し上げる度に、貴方が激怒されたので、黙っていることにしたのです。

リア王：それならお前は自分の非を認めるのだな？

ポロニアス：はい、陛下。

リア王：それでは何故まだガタガタ言っているのだ？

ポロニアス：過去の事は忘れましょう。記憶から拭い去りましょう。

リア王：忘れることは出来ない。あの連中のせいで、ついつい、大変な間違いをしてしまった … もし権力を再び手中にする

ことが出来るのなら、私はプロスペロを見つけ、味方にしよう。そうなれば、あの連中を追い出してしまおう！ 追放すれば多少は人間らしさを身につけるかもしれない。私を騙したのは、あの連中だ。私の頭蓋骨の中に不潔な卵を産み付けたハエどもだ。そして今、ウジがうようよしている！ ああ、フェルジナンよ … この航海の目的は他でもない、お前がどこかの大金持ちの姫と結婚するためだったとは！ あれもこれも我々が世俗の権力を増やし、強化するためだったとは。だが、今や私の計画はだめになってしまった。池で難破したのだ。私はほんの小さな水槽の中のサメだ。

船員：陛下！ エドモン王子とヤーゴがやってきます。歌いながら歩いています。船酔いか何かのようですが。

ポロニアス：あるいは …

リア王：酔っ払っているのだ！ 問題に取り組むどころか、あいつらは羽目を外している。神よ、あいつらに裁きを …

(ヤーゴのふりをしたカスパルトとエドモンのふりをしたダンマロが登場する。アリエルがそれに続くが目には見えない。)

ポロニアス：ヤーゴ、何という格好だ、慎みなさい。

カスパルト：（歌いながら）Tcharli O, Tcharli O. Aret bwar, aret bwar, djiven banann. Dan djiven banann ena bebet sizo …[1]

---

[1] カスパルトの歌は良く知られたクレオールのメロディーで、偉大なセガ演奏家の Ti Frere によるものである。歌はこのあとのビートルズの歌と同様原語のまま表記する。この場面は言語の混乱している状況を表すように意図されている。

リア王:ヤーゴ、私の話を聞かないと ...

カスパルト:(歌いながら) Tchi Mimi lav sa ver la

　　Lav sa ver la

　　Met zafer la, koko.

リア王:エドモン、これはお前のせいか?

ポロニアス:さあ、エドモン、しっかりして。王がお前に話しかけているのです!

ダンマロ:(歌いながら) Lucy in the sky with diamonds,

　　Lucy in the sky with diamonds ...²

リア王:それは何かの暗号か?³

ポロニアス:エドモン王子、大丈夫ですか? 一緒に貴方の船室に行きましょう、そうすれば少し横になれますよ。誰か、手伝ってくれ!

ダンマロ:(歌いながら) Picture yourself in a boat in a basen,

　　With plasticine trees and a marmalade sky,

　　Newspaper taxis with your heads in the cloud,

　　A girl with kaleidoscope eyes.

　　Lucy in the sky with diamonds.

リア王:こいつらを船室に閉じ込めろ!

アリエル:(エドモンの声で) 俺を閉じ込めるだと! どうして

---

　² このビートルズの曲は非常に有名であり、LSD と「Lucy in the Sky with Diamonds」の掛詞の部分が引用されていることから、英語のまま表記する。この後の歌の部分も基本的に原語のまま表記する。

　³ クレオール語の台本では、リア王はここで「Madame Sere」、あるいはジプシー語に言及している。全ての母音の前に「eg」をおく遊びの名前である。

お前が俺を閉じ込める権利があるんだ！ 俺たちが命令する
番だ！ 俺たちは共和主義者だ！ エクスタシー共和国バンザ
イ！[4]

リア王：反逆だ！ 逮捕しろ。ギロチンの準備をしろ！

船員：ギロチンって一体何ですか？

リア王：捕まえればいいんだ、馬鹿者！

アリエル：（カスパルトの背後に行き、ヤーゴの声で）エクスタ
シーラバーズ共和国を建国せよ！

カスパルト：（歌いながら）Donn mwa de boutey Bay Kedou
Samdji mo pey twa.（踊り始める。）
Ecstasy-Lovers! Diwana, mastana! Ecstasy-lovers!

（船員とポロニアスがカスパルトとダンマロに近づく。アリエル
が二人をたたく。ダンマロとカスパルトは自分たちがこの驚くべ
き早業をやってのけたと信じる。王は隠れようと逃げる。）

ダンマロ：ヤーゴ、見たか？ フーッと吹いただけで、みんな熟
した果物が木から落ちるように倒れた！

カスパルト：すげえ！

アリエル：（彼らをつまみ上げ、さらっていく。）快楽主義共和
国バンザイ！ もはや王はいらない！ 共和国大統領のエドモ
ンに栄えあれ！ 首相のヤーゴに栄えあれ！

ポロニアス：（隠れ場所から出てきて）何ということだ！ 彼ら
は空飛べる…

---

[4] エクスタシーは麻薬の名前である。

第二幕　第二場

（プロスペロの制御室。プロスペロとカリバン）

カリバン：ネジがゆるんでいただけで、何も難しいことはありませんよ。それで画面に何も写っていなかったんです。

プロスペロ：覚えが速いな、カリバン。しっかり見ているからな。最近では、全ての修繕や修理をお前に任せている。改善した点まである。時々お前に辛く当たることはあるが、お前の見事な働きぶりに感謝していることはわかってほしい。これが全て終わった暁には、お前を自由にするつもりだ。（間）で？　嬉しいだろう？　さあ、遠慮なく喜んでくれ。

カリバン：プロスペロ様、気を付けないと、中央コンピューターに問題が起きますよ。

プロスペロ：どういうことだ？

カリバン：中央の人工頭脳に負担をかけ過ぎているのです。たとえ一つのチップが故障したけでも、異常終了の原因となってしまうでしょう。

プロスペロ：心配するな。失敗することはない。故障せずに作動するように設計されたシステムだぞ。

カリバン：もちろんです。しかし、一つだけ提案させて頂けるなら、いくつかの相互に依存している頭脳装置を作って置けば、もし一つが壊れたとしても、別の装置が代わりをするでしょう。

プロスペロ：その必要はない。一つの情報機関で全てをコント

ロールした方が良い。中央人工頭脳装置は私に絶対的な力を与えてくれる … ちょっと待って、最後まで話を聞け。中央装置は、不滅だ。絶対間違いない。（間）さっきの質問だが、返事をまだ聞いていない。お前は自由を与えられることが嬉しいのか？

カリバン：自由？

プロスペロ：そう。自由だ。

カリバン：しかし私はすでに自由です。プロスペロ様。

プロスペロ：確かに、私が言ったことをする自由はあるが。

カリバン：邪魔をされたことは一度もないです。

プロスペロ：もともと私に従いたいと願っているだろう。

カリバン：では、問題ありません。

プロスペロ：しかし、いつか私が認めないことをしたくなったらどうするんだ？　うん？

カリバン：その時は、あなたが母との約束を思い出させてくれるでしょう。

プロスペロ：その通りだ！　そしてそれこそ私の言う自由なのだ。あの約束を破棄することだ。

カリバン：ありがとうございます。

プロスペロ：何だか気持ちが入ってないようだが。

カリバン：私なしであなたとコーデリア様とでどうやっていかれるつもりですか？　私はあまりにも長い間お仕事を手伝ってきました。

プロスペロ：心配無用。コーデリアと私については、別の計画がある。任せなさい。私たちのことを考えるなんてお前はい

い奴だな、しかしその必要はない。ちゃんと考えてやっているから。

カリバン：プロスペロ様、とても強いお方ですね。誰も必要としないようですが、コーデリア様、アリエル、私、そして乗組員は、みなあなたを必要としています。

プロスペロ：それは科学の力だ。

カリバン：あの人たちをどうするつもりですか？

プロスペロ：誰のことだ？

カリバン：船の人たちです。

プロスペロ：ピスタチオをかじりながら、ここで映画を見る気分で見届けよう。

カリバン：随分悲しい映画ですね。

プロスペロ：今日はどいつもこいつも、どうなっているんだ！　感情が脳の働きを鈍らせるんだぞ！　二つ目の映写の準備にかかれ。スライド、リール、オーディオ、そしてビデオの点検をしろ。（アリエル登場。）大丈夫か、アリエル？

アリエル：ずっと見ていたのではないのですか？

プロスペロ：もちろん見ていた。でかした。

アリエル：二人の愚か者を牢獄に入れました。そしてヤーゴとエドモンを船に帰しました。ほら、画面に映ってますよ！（間）船長、今フェルジナン王子に会いに行ってもよろしいでしょうか？　約束通り。

プロスペロ：どうしても必要なのか？

アリエル：もし、彼が私の姿を見えるようになれば、策略の助けになるでしょう。

第 5 章 『あらし』(Toufann)

カリバン：（アリエルに）彼に近づき過ぎると、やっかいなことになるぞ。

アリエル：（カリバンに）大きなお世話だ。黙っていないと、あなたたち二人の秘密を漏らすぞ。

プロスペロ：何の話だ？

アリエル：フェルジナン王子の牢獄の装飾を変えるようにと言っているだけです。もっと落ち着くようにしてあげるべきです。

プロスペロ：本当にそう思うのか？

アリエル：私が信じられませんか、船長？

プロスペロ：いいや、しかし ...

アリエル：船長がおっしゃる通りに。

プロスペロ：よし、わかった。やってみろ。

（アリエルとカリバン退場。）

第二幕　第三場

（船上。リア王とポロニアス。）

ポロニアス：ここは楽園にちがいありません。外を見ると、豊穣な自然美と水が辺り一面にあります。人間の求める全てがそろっています。なのに、なぜこの楽園では地獄の悪臭がするのでしょうか？ 緊張感がどんどん高まっています。みな、とても苛立っています ... まるで楽園が巨大な幻想、巨大な嘘のように、そして実のところ私たちは今にも爆発しそうな火山の上に座っているかのようです。リア王様、これ以上王

の痛みを和らげることはできません。私自身の痛みが心の隅々に影を落としています。

リア王：お前の痛み？

ポロニアス：考え方を変えるには時間がかかります。この経験を通して人は自分自身を見つめ、新しい生き方を求めるだろうと思いました。私は間違っていました。

リア王：説明しなさい。

ポロニアス：ヤーゴとエドモンのことです。この経験は彼らの中にあった獣性を引き出しただけなのです。彼らには規律や社会に対する責任感が無く、ただ逃げ去るだけなのです。

（船員が急いで入ってくる。）

船員：陛下、やつらが戻ってきます。

リア王：誰のことだ？

船員：やつらです！

ポロニアス：私に任せてください。彼はおびえています。狼狽えるな、おい。深呼吸するんだ。落ち着け。「狼狽えるな」を人生の教訓にすべきだぞ。分かったか？ では今からお前たちが見たものを陛下に伝えるんだ。

船員：エドモンとヤーゴです！

ポロニアス：何ということだ！ 命がけで逃げろ！ みな、逃げるのだ！

（ポロニアスが隠れる。エドモンとヤーゴ登場。）

エドモン：リア！

リア王：戦いも殺しも無しだ。船、王位、王国の全てをお前に
　　　やろう。エクスタシー共和国を建国せよ。大統領万歳。
エドモン：リア、どうしたんだ？ 変だぞ、ヤーゴ！ 悲しみで
　　　気が狂ってしまったようだ。
リア王：ああ、私は狂ったさ。私は退位する！ 権力を全部くれ
　　　てやる。私を筏に乗せてくれ。遠い海の向こうで新しい生活
　　　を送らせてくれ。
ヤーゴ：今「退位する。」とおっしゃいましたか、陛下？
リア王：ああ、私は退位した。権力は腐敗しがちだ。ゆえに、
　　　権力は人民に与えよ。選挙を組織せよ。
エドモン：殴って正気に戻したほうが良さそうだな、ヤーゴ。
リア王：殴らないでくれ！ 私はもう再起不能だ。それに、私は
　　　自分の治世の間あまりにもたくさん殴ってきた。殴打はもう
　　　ごめんだ。頼むだからもう止めてくれ！
ヤーゴ：こいつを部屋に連れてゆけ！ この状態をみなに見られ
　　　てはならない。

（船員は王を連れ出す。）

ヤーゴ：陛下、エドモン王。
エドモン：お前はどうだ？
ヤーゴ：あなたの兄は王座を放棄しました … ファルジナン王子
　　　も消えました … 王位継承の次の座には貴方が。どうやら権
　　　力は棚からぼたもち式に私たちの手中に収まったようです
　　　ね。
エドモン：私たちの？

ヤーゴ：失礼しました、「貴方の」手中に、です。

エドモン：私は何をすべきなのだ？

ヤーゴ：召集をかけるのです。公式の場でリア王に正式に退位させるのです。立会人の前であなたに権力を移譲させるのです。ポロニアスを探さなければ。

ポロニアス：（隠れたまま）どうか殴らないで下さい。なんでもします。年寄りだから勘弁してください。

ヤーゴ：今の声は聞こえましたか？ 船に鬼でも？

ポロニアス：（現れて）いや、鬼ではない。さっきの声は私だ。私が立会人になろう。リア王は王位を破棄した…私はそれに立ち会った…

エドモン：なぜそんな風に震えているのだ？

ヤーゴ：きっと例の病[5]なのでしょう。

エドモン：私の王国は病んでいる。

ヤーゴ：国がただ、刑務所、病院、収容所そして墓地の合わさったものに他ならないとしても問題ありません。重要なのは権力だけです！ 召集をかけるのだ！ ポロニアス、お前は、この歴史に残る瞬間に重要な役割を果たすことになるかもしれないんだ。特に印象深い演説をするチャンスだぞ。未来永劫、政治学や歴史学の学者たちが学術書のテーマにするような演説を。

ポロニアス：私は何を言うべきなのでしょう？

ヤーゴ：お前は熟練した演説者だ。私の助けはいらないだろう

---

[5] ここでは差別的な表現を避けるために具体的な病名を用いない。

が、そうだな ... 権利や義務や責任や ... 無気力や無能力や対立や ... 退位や権力の移譲や戴冠式や ... 新しい夜明けや新しい明日や、国家の新しい未来、その他諸々について、じゃないか？

第二幕　第四場

（フェルジナンとアリエル。）

フェルジナン：私のいたのは暗く、じめじめして、汚い牢獄だった。それからパッパッと突然、豪華な家具とエアコンのついた五つ星の部屋に変わった ... 朝からずっとだ。次々と奇跡が起こっている。奇跡であるか、それとも。夢なのか？　何とも言えない。砂漠でゆらめいている蜃気楼かも知れない。

アリエル：私たちの島では、こういうことは日常茶飯事です。

フェルジナン：誰だ？

アリエル：私たちは以前会ったことがあります。

フェルジナン：思い出せないな。

アリエル：いずれにしろ ... これも、もう一つの奇跡ですね。

フェルジナン：あとどれだけの間、奇跡に見まわれなければならないのか？

アリエル：アリストテレスによれば24時間が限界です。プロスペロによると12時間です。

フェルジナン：ということは、ゲームなのか？

アリエル：そうですね。20年前に始まった複雑なゲームです。

どんなゲームにも試練の時はありますが、これはその一つです。あなたもプレイヤーになる必要があると思いますよ。

フェルジナン：既にプレイヤーだと思っていたが。

アリエル：ゲームの中にいますが、それは単なる駒としてです。もし駒を支配下に置くことができたら、物事を進めることが出来ます。

フェルジナン：わかった。何をすればいいのか教えてくれ。

アリエル：計画は練ってあります。

フェルジナン：またそれか、うんざりだな。

アリエル：なぜそう言うのですか？

フェルジナン：私のための計画は、生まれた時から、様々な人々が立てていた。あたかも、私が操り人形か何かのように。父が立てた計画には、私がどこかの姫と政略結婚し、父の王位を継承する準備をするはずだった … 私は、難破の後なら、ある意味自由になれるかと思ったのだが、それは戯言でしかなかった。どこに馴染むのだろうか？ 自分で自身の計画を立て、自分の人生を生きることはできないのか？

アリエル：お気の毒に。そのように考えたことはありませんでした。私の指導者であるプロスペロは、それについては話した事はありません。ここでは、彼と私が他の全ての人の計画を立てるのです。それがここでは普通なのです。計画は知識を持つ強い者によって立てられます。他の者はただそれに従うしかないのです。

フェルジナン：ヤーゴのような口の利き方だ。

アリエル：いいえ。

第5章 『あらし』(*Toufann*)

フェルジナン：そうだ、彼はいつでも他の人の計画を立てている。
アリエル：違うのは、私たちの計画は全ての人がよりよい未来を確保するためのものであるということです。
フェルジナン：人々がそれに同意するかどうか尋ねるのか？
アリエル：その必要はありません。
フェルジナン：基本的なことだ！　私たちが他の人のために望むものが、その人が望むものであると思うのは、大きな誤りだ。
アリエル：どうしたら知ることができるのですか？
フェルジナン：尋ねたらいい。
アリエル：わかりました。あなたは自分のために何が欲しいですか？
フェルジナン：それだけは、わからない。
アリエル：でしょう？
フェルジナン：しかし、望まないものははっきりと分かっている。結婚はしたくないし、王にもなりたくない。
アリエル：でもそれでは、全てが台無しになってしまいます。
フェルジナン：それでは、私と代わってくれるのか？
アリエル：何と？
フェルジナン：コーデリアと結婚してくれ。王になってくれ。その後ずっと幸せに暮らしてくれ。
アリエル：それは私の計画ではありません！
フェルジナン：何？
アリエル：しまった。言うべきではなかった。船長にこっぴど

く叱られます。

フェルジナン：誰が船長なんだ？

アリエル：プロスペロ。私の発明者です。

フェルジナン：それは父親という意味なのか？

アリエル：いいえ。

フェルジナン：私をからかうのは止めてくれ。

アリエル：でも、本当です。

フェルジナン：お前はロボットなのか？

アリエル：どちらとも答えられません。ロボットですが、ほぼ人間です。唯一の違いと言えば、生殖能力が無いことです。私には性別がありません。

フェルジナン：ああ。では … 欲望はあるのか？ それと … 感情というか … そのようなものが？

アリエル：あると思いますが。

フェルジナン：今、何を考えているのか教えてくれないか。今感じていることを。

アリエル：私が考えているのは、あなたと私が一緒に仕事をすることが出来る方法です。どうしたら一緒に生活が出来るかを。どうしたらプロスペロ様ととコーデリア様の手伝いが出来るかを。私が感じているのは、あなたがとても好きだということです。そして、あなたのお父上のことを本当に気の毒に感じています。

フェルジナン：何故？

アリエル：エドモンとヤーゴが彼に退位するように強制しました。エドモンは自ら王になったのです。

フェルジナン：父は怪我をしたのか？

アリエル：いいえ。しかし権力を奪われました。

フェルジナン：私は自由だ！

アリエル：エドモンとヤーゴが怖くないのですか？

フェルジナン：怖くなどない。放っておこう。そうしてお前と私、私の父、プロスペロ、コーデリア、そしてカリバンはここで平和に暮らすことができるのだ。

アリエル：それは不可能です。

フェルジナン：何故？

アリエル：この島は通過するべき一つの段階だからです。私たちはみなここから出て、現実にもどらなければならないのです。

フェルジナン：これは現実ではないのか？ お前と私…私たちは実在していないのか？

アリエル：母親の子宮にいると思えばいいです。時が来れば、ここを去らねばならないのです。逆らえないのです。私たちを押し出そうとする力があるのです。この島は人々が生まれ変わるために通過する領域なのです。

フェルジナン：ということは、私たちが双子なんだ！

アリエル：まあ、そうですね。

フェルジナン：すごいじゃないか！

アリエル：どうして興奮しているのですか？

フェルジナン：だってすごいじゃないか。同じ子宮で形作られた二人の子供なんだ。別々のものであると同時に（フェルジナンはアリエルの首に腕をかける。）どうしたんだ？

アリエル：私は感情を表現するようにプログラムされていませ

ん。身体が触れるとチップのバランスが崩れます。このままだと、私はコントロールが効かなくなるでしょう。
フェルジナン：それならコントロールを失えばいい。それがいい。なぜみなそんなに深刻なんだ？ なぜ子供のように遊んだり、跳んだり、跳ねたり、側転したりしないんだ？ しきたりなど忘れてしまえ。お前と私は一緒に幸せに暮らすことができる、どこででも！
アリエル：自分が何を言っているのか分かっているのですか？
フェルジナン：分かっている。分かっているさ、アリエル！ しきたりを忘れるんだ。

(大きな音)

アリエル：しまった、彼らのことを忘れていました。
フェルジナン：誰のことを？
アリエル：待っていてください、すぐに戻ってきますから。

(彼は出て行く。)

フェルジナン：私に何が起こっているのだ？ 私は王子で王位継承者のはずなのに。なのに突然、それを打ち捨て、平民のような質素な生活を送ることを決意しようとしている。他の者が私に押しつけた責任を忘れてしまいたい。私は自分の生涯を人間でないものと過ごしたいと思っている。ロボットではないロボットと … この島は確かに不思議だ。海上の竜巻のように、海底で眠っていた静かな水を海面で上下する波となるまで持ち上げる。

（アリエルがカスパルトとダンマロと戻ってくる。）
　その二人は何をしに来たんだ？
カスパルト：殿下！　ダンマロ、俺をつねってくれ！　夢を見ているのか知りてぇ！
ダンマロ：ああ、俺は一日中夢を見ている。フェルジナン王子じゃねぇか？
フェルジナン：元フェルジナン王子だ。しかし私はもうその称号と、それに伴う名誉を放棄することを決めた。
カスパルト：まじかよ！
アリエル：プロスペロ様がそれに同意するとは思えません。計画が。
フェルジナン：私が説明する。
アリエル：幸運をお祈りします。聞いてください、みなさん、私たちにはしなくてはならない事があります。大変なことになっています。エドモンとヤーゴはリア王を退位させ、エドモンは自身を王とし、ヤーゴを首相としました。リア王を助け、秩序を取り戻さなくてはなりません。
フェルジナン：どのような秩序を？
アリエル：あなたの父親に王位を戻します。
フェルジナン：しかし、それでは元通りになってしまう。別の王を探してはどうだ？　君主政治を完全に廃止するのはどうだろう？
アリエル：落ち着いて！　まずはエドモンとヤーゴに対処する事です。政体の問題は後で考えましょう。
カスパルト：（アリエルに向かって）おい、お前！　知ってる

ぞ！ 顔は知らねぇが、声はよく覚えてるぞぉ。

アリエル： いつも飲み過ぎですよ、その結果がこれだ … 今は、一緒に考えましょう。

第二幕　第五場

（船上。リア王の客室。）

リア王： ポロニアスよ、私たちが罪を償うのはこの世においてだ。私たちは強いか権力があるから、何でも好きなように出来ると考えがちだが、今のこの有様を見てみろ。プロスペロを退位させるのに、エドモンとヤーゴと手を組んだ。かわいそうな男だ。今どこにいるかは神のみぞ知る。私たちに起こっていることを見てみろ。私は一日中プロスペロとその子供のことが頭から離れない。考えてみろ。本来なら今頃あの子は立派な女性に育っていたのに。母親のように美しく、私の息子に理想的な女性に。私は全てを失ってしまった。私の息子、私の王国、全てをだ。だがさらに怖いのは何だかわかるか？ 自分の魂を失ってしまったように思えることだ。

ポロニアス： 陛下 …

リア王： そう呼ばないでくれ。

ポロニアス： 私にとっては、貴方はずっと王様です。たとえ貴方が王冠を失われたとしても。

リア王： ああ、ポロニアス … お前にも許しを請わなくてはならない。ついお前を責めた。私は怒ったのだ。自分の過ちを認

めたくなくて。何度もお前は私が誤ったほうへ行くのを止めようとしてくれた。私が軌道を外れた時、見逃さなかった。でもその度に私は反省するどころか怒っただろう。今となればお前を怯えさせたのが悔やまれる。

ポロニアス：陛下。私も告白しなければならないことがあります。

リア王：怖れず言ってみよ。

ポロニアス：プロスペロとコーデリアを小舟に乗せて送り出したその日、私はあなたに背いたのです。

リア王：何をしたのだ？

ポロニアス：秘かにプロスペロに食料と衣服を与えました。そして彼のお気に入りの本も。

リア王：与えたのだな？

ポロニアス：お怒りにならないで下さい。いいことをしていると思ったのです…

リア王：私はちっとも怒っていない。ああ、せめて。─いや、考えないほうが良いな。

ポロニアス：希望を捨ててはなりません。意志のあるところに、道は開けるのです。

リア王：私の大事なポロニアスよ。今お前に本当に感謝している。私のあらゆる気まぐれを受け入れてくれる。何年もそうしてきたのだ。私は怪物だな、ポロニアス。

ポロニアス：いいえ、陛下。あなたは人間です。そしてあらゆる人間と同様、過ちを犯すのです。良い人間ほど、自分の過ちを認めるのです。

(船員がドアをノックし、入って来る。)

船員：陛下！

ポロニアス：御覧なさい！ 民衆の目には、あなたはまだ王なのです！

リア王：ああ、どうした？

船員：エドモン王子がー

ポロニアス：王だ。

船員：そうでした、閣下。あなたを必要としているとおっしゃっています。

リア王：私を必要としているだと？

ポロニアス：陛下、彼らは今筋書きを書いているところです。この喜劇で与えられた役回りを素直に演じるのが一番です。

リア王：そうだな。確かに、お前の言う通りだ。彼はどこだ？

船員：謁見の間です。貴方の以前の王室です。

ポロニアス：彼にとっては権力を持つ事はまだ目新しいし、最大限楽しみたいだろう。一体いつまで続くだろうか？

リア王：時だ、ポロニアス。時に任せよう。

第二幕　第六場

(船上、新謁見の間。船員と共に、エドモンとヤーゴ。)

エドモン：ヤーゴ首相、統治を行うためには、普遍的秩序の政策を制定する必要があるな。

ヤーゴ：確かに陛下。しかし、普遍の秩序政策を可能にするた

めには、まず普遍的な混沌がなければなりません。したがって疑問が生じます。すなわちどうやって混沌を生み出すか？

エドモン：愉悦の政策をもってできるかもしれない。我が国民は一概に真面目すぎる。楽しみが足りない。私には宮廷道化師さえいない。これでも君主制といえるか？ 私は宮廷道化師がほしい。そしてダンスだ。船員には全員踊って欲しい。普遍的な愉悦の政策だ。私の不滅の統治は道化の黄金時代として歴史に残るべきだ。

船員：御用は以上ですか、陛下？

エドモン：いや。リアはどこだ。ここに来てもらうように頼んだよな？

船員：はい、呼び出しました。

ヤーゴ：見ろ、来たぞ。

（リア王とポロニアス登場。）

エドモン：王の前にひざまずけ！

ポロニアス：陛下。あなたの力は絶対です … 何なりとご希望通りにいたします。しかし、あなたの兄、あなたの不運な兄上のことを考えてください。無礼をされないほうが良いのではないでしょうか …

エドモン：無礼だと？ そんなことは決してしない。立つことを許す。

リア王：いや、ひざまずいたままでいよう。静脈瘤を起こしがちの血管に良いのだ。

エドモン：どうだポロニアス！ 兄にとって何が最良か分かって

いるのだ！ すばらしいじゃないか。さて、議論すべき重大な問題がある。フェルジナンと婚約していた娘のいる、例の裕福な王と接触し、私がフェルジナンの座を奪ったことを伝える必要がある。

リア王：どうすればいいのだ？

エドモン：それは私には関係ない。私の希望通りにするのだ。そして、今のところ私はこの王家同士の結婚を通じて権力と経済力とを強化したい。我が要請に好意的な返答がなかった場合、ある者の首が切り落とされることになる。いいな。ポロニアス、お前は言葉に堪能だ。私の結婚で行われる歴史的な演説を準備したまえ。そして、戴冠式であったことの二の舞にならないように気をつけろ。ウサギとカメの話をして、この華々しい催しを台無しにするところを想像してみろ。

ポロニアス：私はたとえ話(メタファー)をしたのです、陛下。

エドモン：メタルを何に使っていたかはどうでも良い。とにかく今回は王の結婚式にふさわしいような演説を頼むぞ！ さて、ヤーゴ、ダンスの政策に戻ろう。まず王である私のいる場を官能的なダンスで飾って欲しい。ベリーダンス、裸踊りといったものだ。これが王国の安寧のために要求されるものなのだ。

(官能的な音楽が流れる。一人の女性のダンサーが現れ、セクシーに揺れ動きながら踊る。その踊りが終わると ...)

ヤーゴ：陛下？ どこにいらっしゃるのですか？ ああ ...、王が誘拐されてしまった！ エドモン、エドモン、どこにいるの

です？

エドモン：（玉座の影から）待て！

ヤーゴ：そんな所で何をしているのです？

エドモン：ああ！ さあ―これぞ私の言う王の力だ！ おい、ヤーゴ！ 私はすごいぞ！ 私が何かを望みさえすれば、それは即叶うのだ。私は王をはるかに超えているではないか。まるで…

声：（プロスペロの声。しかし、それがどこから聞こえるのかわからない。そして、その声はエドモンだけに聞こえる。）神だ。

エドモン：その通り！ … 誰が言った？ ヤーゴ、お前か。

ヤーゴ：私ではありません。

エドモン：ポロニアスか？

ポロニアス：違います、陛下。

声：私だ。

エドモン：リアか？

リア王：いや。

声：私だ。

エドモン：（天井を見上げながら）一体誰なんだ？

声：私はお前自身。お前は私自身だ。私はお前の心、そしてお前が望む全てだ。

エドモン：聞いたかヤーゴ？ すごいぞ！ 私の望むもの全て？ 全てか？

声：そうだ。

エドモン：私は盛大な宴会を望む、最高の酒と最高に美しい女

たち付きで。私の目の前でそれが見たい。

声：目の前で？

エドモン：そうだ

（不思議な音楽が流れる。宴会の用意が運び込まれる。食べ物やシャンパン、ワインなどを山積みにしたテーブル。ウェイターとウェイトレスがせわしなく動き回っている。）

エドモン：ここいる皆の者よ、新しい王の健康を祈ってグラスをあげてくれ。何だこれは？ みんな動かないぞ。（彼もグラスを上げようとするが、上がらない。）邪悪な声め、裏切ったな！

声：とんでもない、陛下は「宴会を目の前に」とおっしゃった。その通り、実現した。他に何か？

エドモン：これ以上のものを望む！

声：だめだ。

エドモン：（目の前の料理を）食べたい！

声：だめだ。

エドモン：なぜだ！

声：それは契約に含まれない内容だ。

エドモン：契約とはなんなのだ？

声：一定の制約があるのだよ。

エドモン：そんなものは変えてしまえ！

声：それはできないな。

エドモン：なぜできぬ？

声：私がそう言ったからだ。

エドモン：一体お前は何者なのだ？

声：私はお前自身。そしてお前は私自身なのだよ。

エドモン：お前は気でも狂ったか？

声：お前は気でも狂ったのか？

エドモン：貴様は私を気違い呼ばわりするのだな！

声：私は気違いだ。故にお前も気違いなのだ。

エドモン：やつを止めろ！　牢獄にぶち込めっ！　首吊りにしろ！　ヤーゴ、やつを拘束しろ！

声：ヤーゴ、やつを拘束しろ。

エドモン：聞こえないのか？　やつを牢獄へぶち込め！

声：聞こえないのか？　やつを牢獄へ入れろ。

エドモン：私が命令を出すのだ！

声：私が命令を出すのだ！

エドモン：（パニックに陥って）悪魔だ！　とっとと失せろ、悪魔め！　ああ！

（エドモンは走り去る。）

リア王：一体どうしたんだろう？

ヤーゴ：さあ、あなたの弟でしょう？　私が知る由もない。単なる首相ですから。

ポロニアス：また二股をかけるのですか？

ヤーゴ：このようなことはもうたくさんだ。何かが上手くいかないと、みんないつも私のせいにしたがる。誰か責める相手が必要だったら、ああ、そう、ヤーゴを悪者にしよう。実にとるに足らないシェイクスピア野郎が私をオセロと彼の妻と

の間でいざこざを起こす役として使って以来、どいつもこいつもこの広い世界の問題をこの私のせいにするのだ！
ポロニアス：貴方はプロスペロを退位させたのではないのですか？　そして今度はリア王も！　エドモンは気違いじみた振舞いをしています。貴方はまた二股をかけるのです。挙句の果てに、貴方は聖人になろうとしている！
ヤーゴ：ちょっと待て。同盟を結ぶ代わりに、プロスペロの王座を提供したのは誰だ？　ええ？
リア王：ああ、そんなことを蒸し返すな。お前が私を退位させたやり口はどうなのだ？　ええ？
ヤーゴ：貴方を退位させたという事ではない！　びくびく恐れているところを見た。ポロニアスは隠れており、国家のために指揮を執るしかなかったのだ！
ポロニアス：なるほど、それは貴方のものの見方です。視点の問題なのです。
ヤーゴ：どう見てもこれは茶番劇だ。何もかも誰かが書いた芝居だと思わないか？　さもなくば論理的に全く説明がつかない…よし、私が馬鹿者を見つけてくる。自分の役割をあまりに深刻に演じ始めるといけないから。

(ヤーゴが行きかけた時、エドモンが現れる。ランボーのように身を飾り、武装をしている。)

エドモン：あいつはどこだ？　穴だらけにしてやる。口の軽い悪魔め！
声：お前が探しているのは私か、エドモン？

エドモン:どこだ?

(マシンガンをあらゆる方面に乱射する。)

リア王:愚か者ら、彼を止めんか、大惨事になるぞ!
ポロニアス:どうすば良いのでしょう? 部下たちはみな逃げてしまった…エドモン…じゃなくて、陛下。お願いですからその玩具をくれませんか?
エドモン:あいつはどこだ? 探せ!
ポロニアス:銃を下さい。彼を見つけましょう。

(マシンガンの音。エドモンは急いで出て行き、リア、ポロニアス、そして船員もそれに続く。)

ヤーゴ:ああ、ばかばかしい。みなが王になりたがる。そしてこのざまだ。プロスペロ、戻って来て下さい! 今こそあなたのチャンスです!
声:ヤーゴ、お前は私を呼んでいる。今、私が必要か?
ヤーゴ:必要です。そうです、あなたが必要なのです。

第二幕　第七場

(プロスペロの制御室。コーデリアとカリバン。)

カリバン:冗談を言っているのですか。
コーデリア:いいえ、本当に本当です!
カリバン:それでは、何故もっと早く言わなかったのですか?

コーデリア：あなたが嫉妬するといけないから。

カリバン：何か妬むことが私にあるのですか？

コーデリア：ちょっとだけ…。少し心にひっかかるかもって。そんなことない？

カリバン：（微笑みながら）それで何をするつもりですか。

コーデリア：私にできることは何もないわ。いずれにしろフェルジナンはあなたと同じ嗜好ではないし。むしろアリエルに興味を持っているように感じるの。

カリバン：本当ですか？ アリエルも同じように彼に夢中だということを知っていますか？ 何と突飛なカップルでしょう。驚きです。

コーデリア：私を驚かせるものは何もない、って時々思うの。だって私の知識は全部、この島の生活や、でなかったら父の本で読んだことだから。世界がまるごと異常だと、驚くことなんて何もないわ。私がこれまで愛について実際知り得たことといえば、父と父の機械との、あなたと私との、そして今度はフェルジナンとアリエルとのことだけ。それってあまり知識がないっていうことね？ 人間ってとても美しいことは知っているけれど、その中には醜い人もいるわ。それってあまりに残酷ね？ つまり、私たち人間には良いところも、悪いところもあるけれど、場合によっては悪いところが目立ってしまうということなの。

カリバン：私にもどうもよくわからないです。ある本には、人は生まれながらにして悪であるから「社会」が、そういう人間を管理する必要があると書かれていました。実は、「社会」

という言葉が何だかよくわからない。それなのに別の本には、人は生まれながらにして善であるのに、「社会」と呼ばれるものが人間をだめにしてしまうと書かれていました。わからない。人間にあまり会っていませんから一概に言えません。私はあなたとあなたのお父様を知っています。私自身のことも少しは知っていると言える … あと、ビデオのモニターにいくつかのぼやけた像が動いているのを見たことがあるだけです。

コーデリア： 今はフェルジナンがいるわ。それから昔のこと、あの人たちが20年前に私の母に何をしたかということを知っているわ。モニターに写っているぼやけた像たちの滑稽な動きもいくらかわかるつもり。みんな少し頭がおかしいように思えるわ。まあ、ポロニアスだけは別かもしれない。でも、彼でさえ少し … まあ、いい人ね、少し無能だけれど。ヨギのように。

カリバン： 優柔不断と言った方が。

コーデリア： 同じものかも … 私、あなたの仕事の邪魔してる？

カリバン： いいえ、でも手伝ってくれれば、もっと早く終わらせることができるでしょう。お父様はいつ戻ってくるか知れません。第三幕目の準備をしておくように言われました。

コーデリア： 第三幕ではどうなるの？

カリバン： 全てが彼に跳ね返ってくるでしょう。彼の予期していないことがあるのです。

コーデリア： どのようなこと？

カリバン： 一つはフェルジナンの気持です。

コーデリア：他には？

カリバン：さあ、コーディ、あなたの素晴らしい頭を使って。

コーデリア：あなた、威張りすぎよ！ あなたのほうがたくさん本を読んだからと言ってー

カリバン：ではあなたは何を読んでいるのですか？ シモーヌ・ド・ボーボワール？

コーデリア：自分のことは自分で考えられるわ。

カリバン：確かに、「脳の薬味」を作るのにぴったりのレシピを持っていますね。

コーデリア：まるで父のようだわ！ 異常に男を誇示するその態度はもうたくさん。

カリバン：いいぞ、コーディ！ ここに来て！

（カリバンはコーデリアを抱きしめキスをする。）

コーデリア：離して！ やめて！ 父が来るわ。

カリバン：まだ来ませんよ。何を怖れているのですか？

コーデリア：第三幕の準備をして。私たちのことは後よ。ああ、カル…父はあなたに何も言ってないの？

カリバン：大事なことは何も。あ、待てよ。何かありましたが、よく理解できませんでした。私に自由を与えるつもりだと言ったのです。一体どういうことかわかりますか？

コーデリア：お馬鹿さんね、カリバン。一番基本的なことがわからない電子工学の専門家。一旦自由を手に入れたら、父はあなたに何もさせることができないの。わかる？

カリバン：いいえ。

コーデリア：聞いて、カル。もし今父が来て、あなたに何かするように言ったら、あなたはそれをしなければならない？「はい」か「いいえ」で答えて。

カリバン：はい。

コーデリア：自由であるということは、そこで「いいえ」と言えることなのよ。

カリバン：でも、もし私が断ったら、お父様はどうするだろう？ 私に頼っているのに。

コーデリア：父はそう思わないわ。父は他の誰にも何にも頼らないと考えているの。自由で、独立していて、自律性があると。だからこそ、あそこまでの権威主義者でいられるのよ。

カリバン：あなたはどこでお父様を批判することを覚えたのです？ 私たちが知っていることはみんな彼が教えてくれたというのに。

コーデリア：女の勘とでも呼んで。

カリバン：それは何？

コーデリア：男のあなたには分からないわ。

（プロスペロ登場。）

プロスペロ：全て準備できたか、カリバン？

カリバン：はい、ご主人様。

プロスペロ：よし。（コーデリアに気づき）ここで何をしている？ フェルジナン王子と会っているはずではないのか？

コーデリア：私はもうあなたが愛する未来の義理の息子と会ったわ。

プロスペロ：それで、お前は彼で満足なのか？

コーデリア：とても。

プロスペロ：よろしい。全て計画通りだ。カリバン、第三幕へのカウントダウンだ。10、9、8、7 …

第三幕　第一場

(嵐、雷鳴、稲妻、雹、雨。ポロニアスと船員。)

ポロニアス：どうしたんだ？

船員：またあんたか！　さあさあ、ご老人、頼むから、自分の船室に戻って。

ポロニアス：まだ機嫌が悪いのか？

船員：甲板の上は危険だ、わかるか？　部屋に戻っててくれ。

ポロニアス：この船に何の危険があるというのだ。ここは池の上だぞ。どう考えても溺死なんてありえんだろう、違うかね？

船員：そう思うのか？　船はいつでも転覆の可能性がある。

ポロニアス：では甲板にいる方が良いのではないか！

船員：ああ、ならあんたの好きなようにしてくれ。でもな、俺たちは奇跡でかろうじて救われたって事を忘れるなよ。王は、いつも言っているじゃないか、犯した罪はこの世で償うんだと。俺が忠実な臣下でなかったら、今ごろ神にすがっているところだ。

ポロニアス：自然は怒り、私たちの良心を痛めつけている。プロスペロ … プロスペロ！

声：何だ、ポロニアス。

ポロニアス：貴方の気配をずっと感じていました。

声：私は何処にでもいるぞ、ポロニアス。

船員：幽霊なのか？

ポロニアス：プロスペロ、貴方の強さを証明しました、戦いに勝ったのです。これ以上何を望むのですか？

声：報復するという私の渇望は満たされた。今夜すべてが明らかになるだろう。

（嵐が静まり、山が消える。船は砂漠の真ん中の砂の上にある。そして砂漠は海に囲まれている。）

船員：今度は、砂漠の中で座礁している！ おお、もうだめだ！

ポロニアス：いたるところに砂、そして焼け付くような太陽。

（船員は必死に水を探している。）

ポロニアス：プロスペロ、なぜ私たちにこのような仕打ちをしたのです？ プロスペロ！ プロスペロ、どうして何も言わないのですか？ ... 彼に見捨てられた。

（フェルジナンがアリエル、カスパルト、ダンマロを連れて登場。）
　　フェルジナン？ あなたですか？ あなたもまたこの地獄にいるのですか？

フェルジナン：地獄？ 地獄とはどういうことか？

ポロニアス：ああ、どうしよう、暑さで脳をやられているに違いない。どうぞ日陰にお入りなさい ...

フェルジナン：ポロニアス、どうしたのだ？ 非常に年を取った

ように見えるが。

ポロニアス：一日のうちに永遠を生きたかのように感じます。あなたはずっとどこにいたのです？ 王はあなたが死んだと思っています。あるいは、私たちはみな死んでいるのかも知れません。罪の償いをするために地獄で顔を合わせているのかも知れません。

フェルジナン：違う、ポロニアス。私たちは生きている。ちゃんと生きている。ここは魔法の島 ... もし私が見てきたものを全て知ったら、きっとひっくり返るだろう。

ポロニアス：貴方のお父上に知らせないと。でも、頭の中が真っ白だ。もう何がなんだかわからない。

(ポロニアス退場。)

フェルジナン：(船員に向かって、) おい、お前！ ぽっとしてないで。装備と道具をすっかり運び、乗組員全員を、そう、全員だ！ 大急ぎでここに集めるのだ。

(船員、退場。)

アリエル：何をしようとしているのですか？

フェルジナン：みながパニックになるのを止めるためには、何か仕事を与えればいい。船から海へ向かう大きな運河を掘るのだ。カスパルト！

カスパルト：何です、ご主人様。

フェルジナン：私はお前とダンマロを修復担当にする。

ダンマロ：修復 ... 何のです？

フェルジナン：当然、弾薬のだ。

ダンマロ：ああ、つまり ...

フェルジナン：そうだ。お前は備蓄がどこにあるのか知っているだろう。

ダンマロ：分かりました、ご主人様。

（カスパルトとダンマロは仕事に取りかかる。）

アリエル：彼らは千鳥足になるだけじゃないですかね。

フェルジナン：私はそうは思わない。誰だって時には、ふんばりが必要だ。それで悩みをしばし忘れることができるのだ。人々に仕事をさせる最良の方法は彼らの記憶をぬぐい去ることだ。人は誰でも生きていくためには、何らかの夢が必要なのだ。同時に、わかっているだろ、この世に得やすいものは何もないということが。汗を流して努力しなくてはならないのだ。

（ポロニアスとリア王登場。）

リア王：フェルジナン ... 本当にお前か？　それともまた幻か？

フェルジナン：いいえ、お父さん—私です。

リア王：奇跡だ。私の息子は生きている ... その人は誰だ？

フェルジナン：これはアリエルです。この島に住んでいます。

リア王：この島に人が住んでいるとでも言うのかね？

フェルジナン：住んでいますよ！　誰が住んでいるか知ったら驚きますよ。

ポロニアス：プロスペロ。

フェルジナン：実物ですよ。

リア王：では彼は生き延びたのか？　女の子はどうなった？

アリエル：二人共ここで暮らしているのです。

リア王：どうやって助かったのだろう？

アリエル：食物と衣服、それに本があったからです。ポロニアス、あなたが密かに少し手助けしましたね？　プロスペロはこの島でずっと待っていたのです。新しく得た知識と力とを携えて戻る用意をしながら。

ポロニアス：では彼は戻るつもりなのか？

アリエル：ええ、そうです。ここで起こったことはなにもかも彼の仕業です。我々の会話もみな筒抜けです。カメラとマイクがこの島のあちこちにあります。彼の許可なしには何も起こり得ないのです。

リア王：それでは何故、自分で話に来ないでお前を遣したのだ？

アリエル：私を遣わしてなどいません。フェルジナンと一緒に来たのです。船長、私は彼を船長と呼んでいますが、プロスペロ様はそんなこと許しません。

ポロニアス：彼の娘について教えてくれ … 名は何と言ったか？　ミーア … いやコーデリアだ。

フェルジナン：若くて美しい女性です。しかもその美しさはこの上ない。

リア王：そういうことなら …

フェルジナン：いや、だめです！　まだ懲りずに他人の人生の計画を立てるのですか？

リア王：何と？

フェルジナン：結婚させ、子を産ませることしか頭にない。継承を巡るくだらない話ばかり。

リア王：継承したからこそ私たちはこうして存在しているのだ！

フェルジナン：違います！　私たちは … ああ、わからないでしょう。ここから出る方法を探そう。アリエル、一体どうやってこの運河が掘れるか知っているか？

アリエル：しかし船長、—

フェルジナン：プロスペロのことをほんの一瞬でも忘れるのだ。私たちは自由だ。彼が強く見えるのはひとえに私たちが弱かったからに過ぎない。救われるのをずっと待っていたのだ。そう、誰も助けに来やしない。私たちには知性も、勇気も、意志もしっかり備わっているではないか。

カスパルト：何という素晴らしい演説。

ダンマロ：すごいぞ。

フェルジナン：お前は良心の咎めで心が苦しいあまり身動きが取れないのだ。過去の誤ちが、今日の推論を妨げているからなかなか行動出来ないのだ。しかし、事態が変わったことを理解せねばならない。

アリエル：フェルジナン …

フェルジナン：アリエル、私が物をはっきり見えるようになったのはお前のお陰なのだよ。プロスペロがお前を作ったのかもしれないが、彼はお前が感情を持つことを止められなかった。プロスペロがいくらお前を脅かそうとしても、お前は今日から自由なのだ。勇気を持ったから自由なのだ。私たちは勇気を持たなければならない。

（ヤーゴ登場。）

ヤーゴ：誰かこの男をベッドの下から引きずり出すのを手伝ってくれませんか？ トゥファン以来ずっとー

フェルジナン：今、トゥファンと呼んだか？

ヤーゴ：ああ、戻られたのですね。（間）だって、トゥファンがサイクロンの名前ですよね？

フェルジナン：そうだ。しかしどうやって知ったのだ？

ヤーゴ：よく分かりません。口をついて出てきたのです。

フェルジナン：それ見ろ！ プロスペロは思うがままにお前の考えまでもコントロールしている。そのままにしておいてはいけない！ あなたたちは皆、カリバンのように彼の操り人形になってしまう。

ポロニアス：カニベル？

フェルジナン：もう一人の住人だ。プロスペロが来る以前の島の持ち主だ。

ポロニアス：大勢の食人種(カニバル)がいるのですか？

アリエル：カリバンは人の名前です。彼の父は白人の海賊で、母は黒人の奴隷でした。つまり混血なのです。

ポロニアス：ああ、かわいそうに！

アリエル：彼を気の毒に思うことはありません。とてもしっかりしています。

ヤーゴ：それはそうと、陛下は現在ベッドの下に隠れておいでだ。引きずり出すのに力を貸してもらいたい。

フェルジナン：アリエル、お前が行くんだ。王をここに連れて

来て、鋤を与えよ。運河を掘る手伝いをさせよう。

(アリエルとヤーゴ退場。)

リア王：フェルジナンよ … お前に言わなければならないことがある。プロスペロについてまだ話してないことがある。責任を負わなければならないのは私だ …

フェルジナン：わかっています。でもだからといって彼が人の命を弄んでいいことにはなりません。復讐のために力を用いて、神のふりをする権利はないのです。彼に少しでも思いやりがあれば、全て変わるのですが。

ポロニアス：フェルジナン様、素晴らしい青年に成長されましたね。あなたの治世はきっと …

フェルジナン：何の治世だ？

ポロニアス：貴方はいずれお父上を継がねばなりません。

リア王：もちろんだ。この国にはお前が必要だ。

フェルジナン：そうでしょうか。

(アリエルとヤーゴがエドモンを運んでくる。)

ヤーゴ：エドモン一世国王陛下。

エドモン：ああ！ 恐ろしい！ 見ろ、幽霊だ！ フェルジナン！ 私じゃない、彼だ！ ヤーゴがやったんだ！ 彼にやらされたのだ！ 助けてくれ …

フェルジナン：エドモン叔父上！

エドモン：私じゃない！ 私じゃない！ 私じゃない！（気を失う）

フェルジナン：君主制は危機に瀕しているようだ。

（船員が走りながら登場。）

船員：誰が指揮を執るんでしょうか？ 高波がこちらに押し寄せてきます。

フェルジナン：私が指揮を執る。

船員：レーダーには山のように高い津波が映っています。この島は完全に浸水してしまいます。一体どうしたら良いでしょうか？

アリエル：何もしないで。それはただの幻影です。仮想現実です。

プロスペロの声：アリエル！ 裏切り者め！ 待っていろ、そちらに出向いてやる！

（プロスペロが現れる。フェルジナンとアリエル以外は皆パニックする。）

プロスペロ：ははは。怖いか？ お前たちはみな恐怖で身動きとれんな。

フェルジナン：そうです、プロスペロ様。みんな恐怖で麻痺してしまいました。みなが貴方のことを恐れています。それで幸せですか？

プロスペロ：待て、お前には少ししたら話してもらおう。ポロニアスよ、お前だけは救しに値しよう。絶望の淵にいた時、お前は私を助けてくれた。しかしリア、お前は…

リア王：ああ、わかっている。好きなようにしろ、当然の報いだ。すでに王位を放棄した。どうすればいいか、なんでも言ってくれ。

プロスペロ：お前の息子と私の娘を結婚させたい。

リア王：いいでしょう。

プロスペロ：その次に、彼をお前の代わりに王にする。

リア王：いいでしょう。

プロスペロ：反対しないのか。

ポロニアス：誰も反対いたしません。それは今朝からずっと私たちみなそうなるべきだと考えていたことです。

プロスペロ：ヤーゴよ、お前はどうだ。

ヤーゴ：大賛成でございます。

プロスペロ：お前は嘘をついている。

ヤーゴ：そんなことはありませんよ。そろそろ、文芸批評家たちに気づいてもらいたいものだ、私は根っからの悪者ではない、と！

プロスペロ：エドモン、お前はどう思う？ こら、起きろ。（エドモンを叩く。）寝ている場合ではないぞ。

エドモン：何が起こっているのだ？ ここはどこだ？

プロスペロ：私はプロスペロで、今、お前に話しかけている。

エドモン：プロスペロ？ ああ、お許しを ...（再び気を失う。）

リア王：賛成だということにしよう。というわけで、完全同意だ。

プロスペロ：おかしいな。この場面を 20 年かけて計画してきたのに ... こうなるはずではなかった。

アリエル：船長 ...

プロスペロ：話しかけるな！ お前のことは後だ。

フェルジナン：私のことを忘れています。私は同意しません。

プロスペロ：それは許されない。

フェルジナン：私は貴方の機械ではありません。私を貴方の思い通りにプログラムすることは出来ません。

プロスペロ：誰に向かって話しているのかわかっているのか？

フェルジナン：残念ですが、わかっています。かつては賢人王、偉大なプロスペロ王のことを聞かされたものです。しかし目の前にいるのは、もはやただの策略家です。ヤーゴと変わりやしない。

ヤーゴ：またか！ 私だけが変われないのですか？

フェルジナン：すまない、ヤーゴ、もちろんお前も変われるさ。世界はいつも変化しているのだ。それを理解しないとならない、プロスペロ。貴方の論理はかつて何らかの価値があったでしょう。でも風向きは変わったのです。私たちはもはや誰の特権も信じないのです。

プロスペロ：本当か？

フェルジナン：貴方は自分の特権を主張している。それを自分の子供たちやそのまた子供たちに伝えるつもりだと。でも諦めなさい。娘さんを女王にするために私との結婚を望んでいる。しかし私はそれを望まないし、出来ないし、そして同意しないと言っているのです。それに、私はすでに婚約しています。

プロスペロ：婚約だと？

フェルジナン：そうです。アリエルと。

プロスペロ：しかしアリエルはー

フェルジナン：そうです、彼に性別がないことは知っています。

僕が娘さんと結婚する目的は後継者を生ませることにあります。しかし誰も私の生殖能力を確かめていません。

リア王：何が問題なのだ？

フェルジナン：父上、私が交通事故にあったのを覚えていますか？ 現代の医学によって私は命を救われましたし、整形外科は私の顔と体の大部分を治してくれました。貴方にとって重要な部分以外は。私は性的に不能なのです、父上。性の快楽は私には何の意味もありません。アリエルに、私は真の共生性を見出しました。そういうわけです。ああ、父上はそれを異常だと言うでしょう。しかし僕にとってはこれが普通なのです。

プロスペロ：では誰が王座を引き継ぐのだ？

フェルジナン：それは私の父と解決してください。僕は権力に何の興味もありません。

リア王：貴方が王位につきますか？ プロスペロ。

プロスペロ：ご冗談を。

リア王：では王位はどうしたら？

プロスペロ：私は娘をどうしたら？

（コーデリアとカリバンがともに登場。）

コーデリア：なにか問題でも？ お父さん。

プロスペロ：コーデリア … なにもかも台無しだ。お前にフェルジナンと結婚してもらいたかったが、彼は嫌だと言う。お前に女王になってもらいたかったのに。

リア王：それだ！ 娘さんを女王にしましょう。

ポロニアス：なんと完璧な考えでしょう！ 女性を責任ある立場に迎えることは今の時代にあっています。その動議を支持します。

コーデリア：みんなどうかしているわ。

プロスペロ：あとは、未婚か妻に先立たれた王か王子を見つけることだ。

コーデリア：またおかしくなっているわ！ 私のことはどうなるの？ 私の気持ち、私が望むこと。

プロスペロ：どういう意味だ、コーデリア？ お前は王女なんだぞ。だから特別だ、他の人とは異なった者なのだ。

フェルジナン：懲りない人だ。

コーデリア：私は結婚できません。

リア王：お前まで、事故にあったなんて言わないでくれ。

コーデリア：違うわ。私は選んだのです、カリバンを。

プロスペロ：（プロスペロは自分を抑えられない。）何だと！ この混血の―

コーデリア：やめて！ その言葉を言ったら二度と口をきかないから。

プロスペロ：だがコーデリア、お前の未来はどうする？ 女王になり帝国を統治することは決まっている。天につばを吐くことは出来ない。

コーデリア：誰が決めたの？

プロスペロ：運命だ。

コーデリア：では運命が運命を書いたのね…

プロスペロ：不可能だ！ カリバンと結婚することは出来ない。

コーデリア：なぜ出来ないの？

プロスペロ：わかりきったことではないか？ 彼は王家の血筋ではない。

コーデリア：彼は人間の血を持っているわ。それだけで十分よ。私たちは貴方の政治的権力に全く興味がないの。私たちはただ気持ちを大切に生きていきたいの。

プロスペロ：気持ちだと！ 問題の根本はそれだ。誰もが感情のことを口にしているが、現実というものを無視している。

コーデリア：どんな現実が残っていると言うの？ 今朝からずっと、何が現実で何が夢なのか、誰もちっとも分っていないじゃない。夢は現実となり、現実は夢になっている。フィクションは現実に取って代わり、芸術は人生と戦っているわ。もがき苦しみながら生まれようとしている新しい形の現実があるのよ。いい加減にそれを受け入れなくては、お父さん。

フェルジナン：プロスペロ … 貴方にひどいことを言って申し訳ありませんでした。

プロスペロ：アリエル、ここに来い。なぜ私を裏切ったのだ？

アリエル：船長を裏切ったことなどありません。前にプログラミングの中に何か変なものを感じるとお話しました。もしや、私のシステムの中に何かうまく作動していないものがあったのかも知れません。しかし、船長、私は、このままでいいのです。船長を裏切ったりしません。ただ、コントロールできないプログラムに従っているだけです。どうか、恨まないでください。

プロスペロ：何故こうなったのだろう？

コーデリア：言ったでしょう―状況は変わったのです。被害者は侵略者になり得るのです。

プロスペロ：つまり？

アリエル：船長に酷いことをしたことは誰も否定できません。正義を求めることはもっともなことですが、しかし―

プロスペロ：しかし何だ？

コーデリア：しかし、そのつもりがなかったにしろ、お父さんはご自身の持つ権力によって分別を失い、正義と復讐の区別ができなくなったのよ。

カリバン：プロスペロ様。

プロスペロ：何だ？

カリバン：私に自由を約束してくださいました。その後私はその言葉の意味をよーく理解するようになりました。その約束を守って下さいますか？

プロスペロ：守る、守るとも。

カリバン：それでは私は自由なのですね？

プロスペロ：お前は自由だ。

カリバン：では娘さんと結婚させてください。

プロスペロ：なに？ 一発食らわすぞ！

コーデリア：お父さん！ これは許さなくてはならないわ！

プロスペロ：何故だ？

コーデリア：私が妊娠しているからよ！

プロスペロ：ああトゥファンよ、私を飲み込んでしまえ！ もう、勝手にするがいい！

第5章 『あらし』(*Toufann*)

(プロスペロは去り始める。去ろうとするプロスペロを引き止めようと他の誰もが彼を追う。)

リア王：プロスペロ、これで問題は解決だ。二人の結婚を許可するのです。カリバンを王にすればいい。その方法しかないのだ。

プロスペロ：カリバンを？

ポロニアス：すばらしい考えです。

プロスペロ：そう思うか？

コーデリア：お父さん、あなたの愛弟子は誰ですか？

　　（沈黙）

　　　あなたの孫の父親は誰ですか？

　　（沈黙）

　　　あなたの仕事を唯一引き継ぐことができる者は誰ですか？

プロスペロ：わかった、同意する。しかし …

(コーデリアは彼を抱きしめている。)

船員：ああ、皆さん！ 津波のことを忘れてるんじゃないか！

プロスペロ：何ということだ、アリエル、カリバン早く来い！
　　投影は中止だ！

(プロスペロ、コーデリア、アリエル、そしてカリバンが退場。暗闇。奇妙な音と音楽、彩色された光と動く影。その光が元に戻ったとき、すべてが落ち着いている。船は静かな海に停泊している。)

リア王：今朝、私はもうだめだと思っていた。しかし今は、ほら！ 不思議だったものは正常に戻った。

フェルジナン：そして正常だったものは不思議なものになった。この全てが一日で起こったとは考え難いことです。一つの時代が終わり、新しい世代が生まれました。アリエルの言う通り。ここは子宮のような魔法の島です。全てのものはここで準備されている、つまり、新しい生命が新しい世界に送り出されるように準備されているのです。

ポロニアス：そしてよく見れば、その新しいものは古いものより力強くそして美しくなっていることがわかります。リア王、陛下と私は休む時です。若者たちは自分たちのやり方で人生を前進させればいい。

（プロスペロ、アリエル、コーデリア、そしてカリバンが戻って来る。）

プロスペロ：もう安全だ。すべてを取り壊してきた。あと少しで私の島は消える。島はその役割を果たした。私たちに自分たちの過ちに気付かせ、そして新しい運命を生み出したのだ。今なら出航することが出来る。

船員：（舞台袖から）：ロープを放て、錨を揚げろ！

プロスペロ：この鍵[6]がわかるか？ この鍵で私は技術の電源を

---

[6] この発言はモーリシャスの聴衆にとって特別な意味を持っている。「国家の父」として知られているラングーラム（1900-85）はモーリシャス独立運動の指導者であり、独立後最初の首相になった。1982年に過激派社会主義者に権力の座を奪われたのが唯一の政治的な黒星である。その後、ラングーラム

全て切る。私の権力の中心にある鍵なのだ。もし私がこの鍵を海に投げ入れたら、私の魔法の力は鍵と共に消えてしまう。そして島も消滅し、私はみなと同じようになる。ではそうしよう。(彼は鍵を海に投げ入れる。)私の統治は終わった。コーデリアとカリバンの統治が始まる。私の子供たちよ、親たちが犯した過ちを繰り返すな。

(舞台袖から叫び声や混乱した様子が聞こえる。船員が走って登場。)

船員：船上で暴動が起こっています。ダンマロが—

プロスペロ：どうでもいい。

船員：ダンマロとカスパルトが乗組員を酔わせたのです。命令に従うことを拒否しています。

カリバン：何故？

船員：閣下が選ばれたことに反対しているからです。

コーデリア：呼びなさい。

(船員退場。)

フェルジナン：新しい王には、新しい問題だ。

アリエル：何かするべきでしょうか？

フェルジナン：いや、アリエル。他の人の考えを邪魔してはいけない。

の息子ネイヴィンは、労働党の指導者および首相になった。ラングーラムの労働党のシンボルは、赤い鍵である。

(船員が、カスパルト、ダンマロ、そして船の乗組員たちと戻ってくる。)

カリバン：さあ、カスパルト、お前の望みを言うのだ。

ダンマロ：俺たちは…

カリバン：誰がリーダーだ？ カスパルトかダンマロか？

カスパルトとダンマロ：俺だ。

カリバン：どちらがリーダーか決めないと。

カスパルトとダンマロ：二人ともだ。

カリバン：では、話を聞こうか。

カスパルト：お前が言えよ、ダンマロ。

ダンマロ：ええ、嫌だ。お前が言え。

カスパルト：俺たちはお前が王であるのが嫌なのだ。俺が王になればいいのに。

ダンマロ：違う！ 俺だ。俺が王になる…

コーデリア：カスパルト、ダンマロ、聞いて。お前たちはここに来るのが遅すぎたわ。話は終わりかけているの。わからないの？

ダンマロ：俺たちどうなるんだ？ 俺たちをただの怠惰なやつらと思っていないか？ あの愚か者を王に出来るんだったら、どうして俺たちはダメなんだ？ 俺たちはこの国の申し子だ。でもみんなで俺たちをないがしろにするんだ。

アリエル：心配しないで下さい。主人に話しましょう。新しい物語を書いてもらいます。あなた方が王になる物語を。

カスパルトとダンマロ：それならば、同意しよう。

カリバン： では、出航だ！

終わり

参 考 文 献

和文献

アンダーソン, B. (1987)『想像の共同体』白石隆／白石さや訳, リブロ.

ウォン, S. (2012)「モーリシャスの世界市民主義——言説と対抗言説」駒田法子訳,『比較マイノリティ学』第3号, pp. 40-53.

カルヴェ, L. (2000)『言語政策とは何か』西山教行訳, 白水社.

グリッサン, E. (2000)『全——世界論』恒川邦夫訳, みすず書房.

コムリー, B., マシューズ, S., ポリンスキー, M. 編 (1999)『世界言語文化図鑑』片田房訳, 東洋書林.

コンデ, M. (2001)『越境するクレオール——マリーズ・コンデ講演集』三浦信孝編訳, 岩波書店.

シャモゾワー, P., コンフィアン, R. (1995)『クレオールとは何か』西谷修訳, 平凡社.

ショダンジョン, R. (2000)『クレオール語』糟谷啓介・田中克彦訳, 白水社.

ピーターサ, C., マンロ, D. 編 (1975)『アフリカ文学の世界——アフリカ文学における抗議と闘争——』橋本福夫／小林信次郎訳, 南雲堂.

ベルナベ, J., シャモゾワー, P., コンフィアン, R. (1997)『クレオール礼賛』恒川邦夫訳, 平凡社.

リオネ, F. (2012)「コスモポリタン？ それともクレオール？——グローバル化した大洋と島嶼的アイデンティティー——」長畑明利訳,『比較マイノリティ学』第3号, pp. 1-25.

リチャードソン, I. (1963)「モーリシャス・クレオール語における進化的要因」『アフリカ語雑誌』2号. (プリント)

小池理恵 (2003)「Dev Virahsawmy と Mauritian Literature の誕生——モーリシャスの言語事情と文学——」『富士常葉大学紀要』3号, pp. 123-146.

——翻訳 (2004)「Li & Five Poems by Dev Virahsawmy」『富士常葉大

学紀要』4 号，pp. 105-144.
——. (2007)「英仏影響下におけるモーリシャスの言語事情」『富士常葉大学紀要』7 号，pp. 197-205.
——. (2013)「『マイノリティ』としてのチャゴス難民」『比較マイノリティ学』第 3 号，pp. 55-72.
田中克彦 (1999)『クレオール語と日本語』岩波書店.
恒川邦夫 (2006)「管見フランス語系クレオール（諸）語」『言語文化』第 43 巻，一橋大学語学研究室.
寺谷亮司 (2001)「モーリシャス——アフリカらしからぬ小国の素顔——」『アフリカレポート』no. 33, アジア経済研究所．（プリント）
——. (2001)『モーリシャスにおける経済成長と産業構造』財務相・財務総合政策研究所・開発経済学研究派遣制度研究成果報告書.
——. (2007)『新開地年の形成・発展に関する地域間比較研究』科学研究費補助金研究成果報告書.
西成彦 (1999)『クレオール事始』紀伊國屋書店.
藤原正彦 (2006)『祖国とは国語』新潮文庫.

1. 地図

(1998). *Longman Mauritius Resource Atlas*. Longman Singapore Publishers.

(2001). *Mauritius—Travel Map—*. New Holland Publishers: UK.

(2002). *Philip's Atlas of Mauritius for Primary and Lower Secondary Schools*. Editions de l'Ocean Indien, revised.

2. 辞書

Carpooran, A. (2005). *Diksioner morisien*. Mauritius: Bartholdi.

David, J. B. et al. (2001). *Parlez Creole (Guide Pratique pour Touristes) Speak Creole (A Tourist Guide)*. Editions de l'Ocean Indien, reprinted.

Ledikasyon Pu Travayer. (1993). *Diksyoner Kreol Angle Prototype Dictionary Mauritian Creole-English*.

Lee, J.K. (1999). *Mauritius: Its Creole Language—The Ultimate Creole Phrase Book and Dictionary—*. London: Nautilus Publishing

Co.

Sewtohul, K. G. (1990). *Deksyoner Kreol Bhojpuri*. Port Louis: Ledikasyon pu Travayer.

Sewtohul, S. & Sewtohul, K. G. (1992). *An English-Creole Phrasebook*. Pandit Ramlakhan Gossagne Publications.

3. 新聞

(unknown). "Fighting for the English language."

(unknown). "This patient needs a transfusion." Bhishma dev Seebaluck.

(unknown). "TV English adopted by French." *News on Sunday*.

(2001). "Mauritius being left far behind." *News on Sunday*, October 19–25.

(2001). "A language in retreat -Selvon's World-." *News on Sunday*, October 19–25.

(2001). "We're helping promote the use of English." *News on Sunday*, November 16–22.

(2001). "Ne laissez pas tomber l'anglais, c'est la langue de l'Internet." *Culture*, Rencontre avec Sobha Ponnappa, Directrice du British Council, l'express du lundi 10 decembre.

(2002). *L'express—dimanche—*, no 14241. Dimanche 17 fevrier. (KOIKE, Rie Interview).

4. 大学関係

General Information to Students. University of Mauritius, 1998/99.

University of Mauritius—Faculty of Social Studies and Humanities—. Staff list.

Evers, S. J. T. & Hookoomsing V. Y. ed. (2000). *Globalisation and the South-West Indian Ocean*. University of Mauritius/International Institute for Asian Studies.

5. MGI 関連

(2001). *Annual Report*. Moka: Mahatma Gandhi Institute Press.

Nirsimloo-Gayan S. ed. (1999). *the Centre for Mauritian Studies Mahatma Gandhi Institute*. Moka: Mahatma Gandhi Institute Press.

Nirsimloo-Gayan S. ed. (2000). *Towards the Making of A Multi-Cultural Society*. Moka: Mahatma Gandhi Institute Press.

Rao, S. S. & R. Sharma, R. (D.P. Pattanayak ed.) (1989). *A Sociolinguistic Survey of Mauritius*. India: Central Institute of Indian languages/Moka: Mahatma Gandhi Institute Press.

Tranquille, D. & S. Nirsimloo-Gayan S. ed. Centre for Mauritian Studies. (2000). *Rencontres—Translation Studies—*. Moka: Mahatma Gandhi Institute Press.

6. British Council 関係

(2000). *1er Salon International—du Livre et de l'Ecrivain—* (Rencontres Litteraires, Animations, Debats). Centre de Conferences de Grand Baie Maurice, 1-4.

(2002). *Mauritius Newsletter—the British Council—*, volume 5 Number 1.

7. 統計

(2000). *Housing and Population Census*, volume II: Demographic and fertility characteristics, Ministry of Economic Development, Financial Services and Corporate Affairs. Central Statistics Office.

8. 出版関係辞典

Catalogue 1995-96. Staley, Rose-hill (Mauritius).

Catalogue 1998-99. Staley, Rose-hill (Mauritius).

(1999). *Dictionnaire de Biographie Mauricienne* (Dictionary of Mauritian Biography), Sosiete de l'Histoire de l'Ile Maurice-2. Comite de publication, no. 53.

Bennett, P.R. *World Bibliographical Series*, volume 140. Oxford: Clio Press Ltd.

9. CD, CD-ROM, Video

Border Crossings. (company promotion tape)

Frames of Reference—A Century with Sir Seewoosagur Ramgoolam—. Gem's.

Mauritius 1900-2000 A Century of History, 5 sets. Talipot Productions.

My first interactive ATLAS of Mauritius. Talipot Productions.

*Dev Virahsawmy's play & musical

Les Miserables. Toufann in English. London production. *Zozef ek so Palto Larkansiel.*

10. 英語教育関係

Callychurn R. & Collaborators. *Success for Std—based on new syllabus and textbook—*, 3R's.

Etherton, A.R.B. & Thornley, G.C. (1993). *A Graded Secondary School English Course—book 2—*. Longman.

Shakespeare, W. (Complete and unabridged, Wilks, R. ed.) (1998). *Romeo and Juliet.* Pansing House.

(1998). *Complete EVS level 3.* Golden Publications, revised.

English—Past Exam Papers Mauritius— (Cambridge School Certificate, 1981 to 2001)

(1997). *A Modern English Course—book 2—*. Ministry of Education and Scientific Research, Editions de l'Ocean Indien.

(2002). *0-Level English* (Past Examination Questions). Web Publications.

(1990). *Social Science—Geography History Sociology, form 3—*. Mauritius Institute of Education, Editions de l'Ocean Indien.

11. 歴史

Addison, J. & Hazareesingh, K. (1999). *A New History of Mauritius.* Rose-Hill (Mauritius): Editions de l'Ocean Indien.

Blankson, S.A. (1986). *Evolution of Slavery in Mauritius.* Diploma in Public Administration and Management/University of Mauritius.

Brautigam, D. (1999). "Mauritius: Rethinking the Miracle." *Current History*.

Defoe, D. (1999). *A General History of the Pyrates*. Dover Publications.

Ramgoolam, S. (1982). *Our Struggle—20th Century Mauritius—*. New Delhi: Vision Books Private Ltd.

———. (1979). *Selected Speeches*: London: Macmillan.

Ramsurrun P. ed. (2001). *Glimpses of the Arya Samaj in Mauritius*. New Delhi: Sarvadeshik Prakashan Ltd.

Teelock, V. (2001). *Mauritian History: From its beginnings to modern times*. Mauritius: MGI.

Toussaint, A. (1977). (Ward, W.E.F. translated from French) *History of Mauritius*. London: Macmillan Education Ltd.

12. 民族・文化関係

Eriksen, T.H. (1998). *Common Denominators—Ethnicity, Nation-Building and Compromise in Mauritius*. Oxford: Berg.

———. (1992). *Us and Them in Modern Societies—Ethnicity and Nationalism in Mauritius, Trinidad and Beyond—*. Oslo: Scandinavian UP.

Hollup, O. (1994). "The Disintegration of Caste and Changing Concepts of Indian Ethnic Identity in Mauritius." *Ethnology*, vol. 33 no. 4, Fall 1994, pp. 297-316.

Ngcheong-Lum, R. (1998). *Culture Syock!—A Guide to Customs and Etiquette, Mauritius—*. Singapore: Times Books International, (1997).

Nirsimloo-Anenden, A.D. (1990). *The Primordial Link—Telugu Ethnic Identity in Mauritius—*. Moka: MGI Press.

(1995). *Mauritian Cultural Heritage*. Beau Bassin: Gold Hill Publication.

13. 言語関係

Adone, D. (1994). *The Acquisition of Mauritian Creole*. Philadelphia:

John Benjamins Publishing.
Aubeelack, A.K. (1998). *The Scientific Laws of Hinduism*. 2nd ed. Mauritius Printing Specialists Ltd (London: Minerva Press).
Baker, P. (1972). *KREOL―A Description of Maritian Creole―*. London: C. Hurst & Co.
Dinan, M. (1986). *The Mauritius Kaleidascape―Language and Religions―*. Port Louis: Best Graphics.
Hanoomanjee, E. (1987). "Internal and External Efficiencies of the Educational System in Mauritius." *Journal of Maritius Studies* . MGI, vol.2 no.1.
Lee, J.K. *Mauritius Languages*.
Seetaram, S. (1999). "Les Formules Interjectives en Creole Mauricien: Une Approche Lexico-Semantique et Sociolinguistique." *Universite de Maurice ―Faculte des Sciences Sociales et Humaines―* (B. A. French).

14. Mauritius 文学関係
*民話

Ramdoyal, R. (1993). *Tales from Mauritius*. London, Basingstoke: Macmillan Press.
――. (1981). *More Tales from Mauritius*. London, Basingstoke: Macmillan Press.
Ramsurrun, P. (1987). (retold). *Folk Tales of Mauritius*. New Delhi: Sterling Publishers Pvt.
――. (1995). *Tales and Legends of Maritius*. Delhi: Atmaram & Sons.

*演劇

Asgarally, A. *The Rioters/Somewhere in the Crater*. Port-Louis: Fine Art Printing.
Rubin, D. (2001). Diakhate, O. et.al. ed. *The World Encyclopedia of Contemporary Theatre―Africa―*. London: Routledge.

*詩

Babajee, S. W. W. (1992). *A Fruitful Season*. Rose-Hill: Editions de l'Ocean Indien.

Reaz & Ally. (1999). *Blazons of Contrasts*. Port Louis: Educational Production.

*短編

Alladin, A. (2000). *Short Stories from Mauritius*. Vacoas: Editions le Printemps Ltee.

Boolell, S. (2000). *Mauritius through the Looking Glass—A Collection of Short Stories—*. Durham: Pentland Press.

Bundhoo, S. *The Mirror—A Book of Short Stories—*. Port-Louis: The Mercury Printing.

Butlin, R. ed. (1997). *Mauritian Voices—New Writing in English—*. Newcastle upon Tyne: Flambard Press.

Jokhoo, R. (1999). *Intriguing Short Stories (of love and lust)*. Surrey: Dodo Books.

*小説

Beeharry, C. D. (1998). *That Others Might Live (A Novel on the Tragic Life of Early Indian immigrants in Mauritius)*. Delhi: Natraj Prakashan.

Blackburn, J. (1996). *The Book of Colour*. London: Vintage.

Bucktawar, R. (1999). *A Temple on the Island*. Beau Basin: Little Hill Books.

Fanchette, R. (1996). *A Private Journey...itineraire prive*. Rose-Hill: Editions de l'Ocean Indien.

Rago, S. (1992). *Summer*. Rose-Hill: Editions de l'Ocean Indien.

*Collen 関連（彼女の政治的エッセイはラリットのホームページに公開されている）

Collen, L. (1991). *There is a tide*. Port Louis: Ledikasyon pu Travayer.

――. (1993). *The Rape of Sita*. Port Louis: Ledikasyon pu Travayer.

――. (2000). *Natir Imin—Mauritian Creole & English versions―*. Port Louis: Ledikasyon pu Travayer.
――. (2002). *Mutiny*. London: Bloomsbury.
――. (2009). "Another side of paradise." New Internationalist. Retrieved from
http://newint.org/features/2009/05/01/mauritius-class/ (2015/04/25)
――. (2015). Personal interview with KOIKE, R., September 4.
Baird, V. (2002). "Sharp focus on Lindsey Collen." *New Internationalist*, 346.
Favory, H. (1987). *Bef*. Port Louis: Ledikasyon pu Travayer.
――. (1987). *Kaptu*. Port Louis: Ledikasyon pu Travayer.
Moss, R. (2000). *Le Morne (Lemorn)*. Port Louis: Ledikasyon pu Travayer.
Seegobin, R. (2001). *Lalwa Travay—Depi Lesklavaz ziska Globalizasyon―*. Port Louis: Ledikasyon pu Travayer.
Sirandann S. (1997). ―zistwar an kreol― (28hundred-year-old Folk Stories in Kreol with English translation alongside). Port Louis: Ledikasyon pu Travayer.

*Virahsawmy 関連(2018年現在、彼の執筆はほぼ全てホームページ上に公開されている)
Virahsawmy, D. (1999). *Testaman enn Metchiss*. Boukie Banane.
――. (1967). (Virahsawmy, Narendraj). "Towards A Re-Evaluation of Mauritian Creole" *Edinburgh University—Deparment of Applied Linguistics―* (M. A.).
――. (1982). Trans. R. Ramdoyal. *Li (The Prisoner of Conscince)*. Moka: Editions de l'Ocean Indien.
――. (1991). "Creolistics and the Teacher of English" *L'express—Culture & Reseach―*. vol.1. pp. 2-28.
――. (1999). "Toufann" (1991) translated by Nisha & Michael Walling.
Virahsawmy, D. & L. (2001). *Morisiem, Zinnia, Ziliet ek Lezot*. Port Louis: Educational Production Ltd., August 2001.

Virahsawmy, L. (2017). *The Lotus Flower—A conversation with Dev Virahsawmy,* Port Louise: Caractere Ltee.

*Virahsawmy 演劇関係パンフレット
(2001). *Mamzel Zenn* (Mauritius).
Toufann (UK).
Zozef ek so Palto Larkansiel (with casting list).

15. その他

Carroll, B.W. & Carroll, T. (2008). "Trouble in paradise: Ethnic conflict in Mauritius." *Commonwealth & Comparative Politics.* Online. pp. 25-50. 《https://www.tandfonline.com/doi/abs/10.1080/14662040008447817》(2016/04/25)

Lionnet, F. (2010). "'*Dire exactement*': Remembering the Interwoven Lives of Jewish Deportees and Coolie Descendants in 1940s Mauritius," *Yale French Studies #118&119.* pp. 111-135.

Mauritius country profile, *BBC News.* (2016). Retrieved from 《http://www.bbc.com/news/world-africa-13882233》(2016/04/25)

Naipaul, V.S. (2003). The Overcrowded Barracoon. *The Writer and the World Essays*, London: Picador, 106-133.

Notholt Stuart A. (2008). *Fields of fire—An atlas of ethnic conflict—* London: Stuart Notholt Communications Ltd.

Stiglitz, Joseph E. (2011). The Mauritius Miracle. Project Syndicate. 《http://www.projsct-syndicate.org/commentary/the-mauritius-miracle》(2011/04/24)

The World Bank (1989): *Mauritius: Managing Success.* Washington, D.C.

KOIKE, R. (2008). "Language, Identity and Sharing of Information in Mauritius," *Bulletin of Fuji-Tokoha University #8,* pp. 113-119.

——. (2011). "Path to the Future—Reflections on Chagossians—." *Bulletin of Fuji-Tokoha University #11,* pp. 175-187.

——. (2012). "From French-British colonial coconut plantations to

UK-Europe citizenship: The Chagos as a special case of colonial legacy." *1810 Bicentenary International Conference Publication.*
—. (2012). The Chagossians in Mauritius: Their Living Conditions & Legal, Political & NPO Support.《http://Kaken.nii.ac.jp/PDF/2011/seika/C-19/33807/21510274seika.pdf》(2015/04/25)
—. (2016). Race Wars in CELL: a Reading of Lindsey Collen's *Mutiny. Asian Journal of African Studies*. Soeul: Hankuk University, 35-49.
—. (2017) "Chagossians in a British ovel and a Mauritian Novel: A Comparative Reading of *a lesser dependency* and *Mutiny*," Contemporary African Societies and Cultures, Korea: DAHAE.
—. (2018) "Mauritian Literature: A Role of Dev Virahsawmy in Establishing Mauritius and its Mother Tongue," *African Languages and Literature in a Globalized World,* Korea: DAHAE.

あ と が き

　これまで筆者はインド洋にあるアジア圏の様々な国を訪れてきたが、アフリカ圏にまで足を延ばしたのは、ずっと後になってのことだ。日本の地理の教科書にも歴史の教科書にも欠けている場所、モーリシャスはサイクロンの通り道にある。筆者もサイクロンに行く手を阻まれシンガポールで足止めされたことがある。サイクロンとの二度目の遭遇は、次第に接近してくるサイクロンから辛うじて逃げ切っての離陸、帰国だった。サイクロンに追われながら、ヴィラソーミの『あらし』(*Toufann*) について思いを巡らせていた。それはインド洋上の国であるモーリシャスの「嵐」(tempest) を表現するのに最適だと思った。

　本書の目的は、独立50周年を迎えたモーリシャスという国を知ってもらうことと、一人のモーリシャス人デヴ・ヴィラソーミを日本に紹介することである。従って本書は二部構成とした。第一部は、モーリシャス共和国の概観であるが、筆者が実際に足を運び感じ取ってきたものを中心にまとめたつもりである。第二部は、翻訳であるが、筆者がモーリシャス語を完全にマスターしていないこともあり、モーリシャス語を英訳したものからの重訳であり翻案となっている。

　デヴ・ヴィラソーミはシェークスピアをはじめ世界の著名な作家たちの作品をモーリシャス語に翻訳しただけでなく、自ら創作した詩、戯曲、小説、そしてインタビュー、講演集を合わせる

と、かなり多作な作家である。その中で、日本語で読めるものは、戯曲二作にすぎない。つまり、本書二部に収められている二作である。『やつ』（*Li*）は、筆者自身の既訳（『富士常葉大学紀要』に掲載）を大幅に修正し、転載したものである。

　ヴィラソーミは筆者が初めて会ったモーリシャス人のうちの一人である。それは20世紀最後となる2000年8月のことだ。もう一人は彼を紹介してくれたモーリシャス大学のシーラ・ウォン博士（Dr. Sheila Wong）である。この二人とは、今日までこうして長い間深交を続けている。そして2018年、世界中で様々な「記録的」な出来事が起こった年に、これまでモーリシャスに出向いて記憶してきたヴィラソーミの言葉たちは、日本でこうして記録されることになった。

　最後に今一度、確認しておきたい。作家は何のために創作するのか、読者は何を求めて読むのかということである。作家の創造力は想像力でもあり、それを読む読者にも想像力が必要である。ヴィラソーミが母語を母国語にしようと活動しながらモーリシャス語で創造／想像された作品が、様々な言語に翻訳され、多くの読者を得ることを想像しながら、筆者は本書において書き手であり読み手でもあった。「わくわく」しながらヴィラソーミの思いを想像し、彼の作品の読み手として、そして日本語で創造する書き手として。

　本書の執筆を通し一番に学んだことは、どのような本も決して一人では完成できないということだ。本書の初期の段階での原稿に何度も目を通してくださり助言くださった常葉大学の一言哲也先生、戸田勉先生をはじめ、共にモーリシャスに調査に出かけた

慶応大学福澤研究センターの都倉武之先生、戯曲の翻訳原稿にアドバイスくださった同志社女子大学の J. カーペンター先生、アメリカ在住の山本雅さん、そして出版にかかわったすべての方々にお礼を申し上げたい。

　本書の出版は常葉大学による出版助成がなければ実現しなかった。本書の出版の意義を見出し、助成くださった常葉大学江藤秀一学長はじめ出版助成制度の関係者の皆様に感謝申し上げる。

　本書の刊行に当たっては、企画から校正に至るまで開拓社の川田賢氏にお世話になった。なかなか前に進まず仕事が遅れご迷惑をおかけしたことお詫びし、それにもかかわらず多くのご配慮を頂いたことにお礼申し上げたい。

平成最後の大晦日に

著者紹介

小池　理恵　（こいけ　りえ）

常葉大学外国語学部・准教授。
名古屋大学大学院国際開発研究科・博士（学術）。研究分野：アジア系アメリカ文学、地域研究（モーリシャス）。主な研究論文等：Transformable Identity: The Meaning of Naming, Renaming and Initials in the Novels of Bharati Mukherjee（博士論文）、共著『語り明かすアメリカ古典文学12』（南雲堂）、共著『現代インド英語小説の世界』（鳳書房）、共著 Contemporary African Societies and Cultures（DAHAE）　共著 African Languages and Literature in a Globalized World（DAHAE）など。

クレオール（母語）とモーリシャス語（母国語）
―モーリシャスとデヴ・ヴィラソーミの文学―

2019年3月22日　第1版第1刷発行

著作者　　小池理恵
発行者　　武村哲司
印刷所　　日之出印刷株式会社

発行所　　株式会社　開拓社
〒113-0023　東京都文京区向丘1-5-2
電話　（03）5842-8900（代表）
振替　00160-8-39587
http://www.kaitakusha.co.jp

Ⓒ 2019 Rie Koike　　　　　　　　　　　　ISBN978-4-7589-2269-2　C3098

JCOPY ＜出版者著作権管理機構　委託出版物＞

本書の無断複写は著作権法上での例外を除き禁じられています。複写される場合は、そのつど事前に、出版者著作権管理機構（電話 03-3513-6969, FAX 03-3513-6979, e-mail: info@jcopy.or.jp）の許諾を得てください。